KB062478

보리수아래 감성 수필집 1

내 마음속엔
아름다운 나타샤가 있어

윤정열 지음

들어가는 말

얼마나 왔을까?

생각해 보니 이 몸으로 인생길을 참 멀리도 왔는데 이제 거의 다 온 듯싶게도 여기저기 아프다.

어쩌면 여태까지 잘 뛰다가 마의 35킬로 지점에 이르러 힘겹게 걷다시피 하는 마라토너처럼 혹시 오버페이스를 한 건 아닐까?

하지만 여기서 쓰러져 포기할 수 없었기에 젖 먹던 힘까지 끌어모았다.

그래서 생애 처음으로 나 혼자만의 이름으로 산문집, 〈내 마음속엔 아름다운 나타샤가 있어〉 한 권을 엮었다.

사는 동안 한 번도 내 곁을 떠나지 않은 나의 아름다운 나타샤를 위하여 한 권을 엮은 셈이다.

살면서 끊임없이 길을 물었다.

여기 이곳은 인생의 어디쯤일까!

신에게도 묻고, 친구들에게도 묻고, 때로는 아무 상관 없는 사람들에게도 묻고, 또 나 자신에게도 물었다. 말을 못 알아들으니까 글로 써가지고 물었다.

그곳으로 가려면 어디로 어떻게 가는 거냐고.

계속 묻다 보니 나름 기승전결이 다듬어지고 이렇게 한 권의 책이 되었다.

나는 지금 세상에서 가장 행복한 사람일 수도 있다.

생애 처음으로 책을 냈는데, 출간한 책만 300여 권이 넘는다는 어느 소아마비 동화작가보다도 내가 더더욱 행복하거늘, 일생을 통해 꿈꿔오던 일을 이 나이에 이뤘다는 그 한 가지 이유만으로도 충분히 행복하다는 것이다.

사람들마다 행복하기를 원한다지만 행복하게 산다는 것은 말처럼 쉬운 일이 아님을 아는데 지금 이런 행복을 품으니 한편으론 더없는 축복이다.

보는 것만큼 알고 아는 만큼 느끼면서 살아왔다.

그리고 그 느낀 것을 글로 썼다.

남들처럼 말을 잘 못하니까 남들보다 더 많이 느끼고 이렇게나마 쓸 수 있었고 책까지 내게 되어 정말로 행복하다.

이젠 이 몸이 뇌성마비장애로 많이 늙어 그동안 목이며 허리 수술도 여러 번 하여 거동하는 데도 불편한 몸이건만……

세월이 가면 누구라도 늙음을 피할 수 없으니 그러려니 하고 살고 있으나, 몸이 그렇다고 어디 정신까지 똑같으랴.

나의 앞으로의 일은 알 수 없지만 힘이 닿는 한 글은 계속 쓰고 싶고,

글을 쓰는데 있어서만큼은 아프지 않은 건강한 삶을 살고 싶다.

이 책이 나오기까지 성원을 아끼지 않은 나의 40여 년 친구 최명숙 시인께 감사한 마음이다.

2021년 8월

윤정열 씀

차례

회귀(回歸) 011
상생(相生). 017
코로나 023
뇌성마비 나비 028
달팽이의 꿈 033
제비 037
우리 동네 멋진 할아버지 043
노란 민들레 051
9회 말 투아웃 057
나의 한강 062
면앙(俛仰) 068
모란동백 073
노 시인 078
치매가 오면 085
늙는다는 건 090
한 갑자 096
뇌성마비장애 102
맛과 멋 114

요단강을 건너가면 120
윤사월의 어느 날 124
세상에서 가장 아름다운 모습 129
길 위에서 136
세 가지 즐거움 140
마지막 꿈 145
싸움의 기술 150
내 방식대로 153
독락(獨樂) 159
삽 한 자루 166
세 남자 173
이별의 노래 177
영혼까지 아름답게 181
홀로 가는 길 186
백미(白眉) 190
조갯살 196
쓰르라미처럼 204
자유 208

회귀(回歸)

늙는다는 것!

그것은 아마도 처음 이 세상에 나왔던 곳으로 다시 되돌아간다는 것일 거예요. 분명 어머니의 몸에서 나왔건만 어머니는 나보다 먼저 이 세상을 떠나셨으니 나 또한 어머니를 따라서 가는 것 아닐까요?

이렇게 늙어갑니다.

멀리 신촌에서 통증치료를 받고 흔들흔들 병원을 나서 인천행 전철을 탔습니다. 몇 달 전 애지중지하던 차를 없앤 후 주로 지하철을 타고 다니는데, 요즘에는 이 나이에도 다리에 근육량이 늘었는지 계단을 오르내릴만 하더라고요. 그래도 목 보조기를 차고 있는 상태라 걸음걸이가 불편한 건 사실이니 좀 힘들게 늙어가는 건 사실입니다.

덜컹거리는 전철을 따라 손잡이를 꼭 잡은 몸도 흔들흔들거리며 그렇게 서울역 용산 노량진… 이윽고 기나긴 어두운 굴속을 지나 창밖이 훤히 트인 한강을 지나는데 한강을 건널 때면 늘 설레는 마음으로 창밖을 내다봅니다. 잔뜩 흐린 하늘 아래로 잔잔한 강물이 출렁이며 벌써 먼 하늘에서는 잿빛 해거름이 나타나는 오늘은 한강을 바라보는 것만으로도 삶의 품격이 살아나는 듯, 그리고 새삼스럽게 삶이 감사하다는 생각도 들고요.

아까 집을 나설 때 탔던 전철 안에서 옆자리에 앉은 아기엄마가 그러더군요. 대여섯 살 먹은 아들이 가만히 앉아있지 못하고 자꾸 내 몸을 건드니까 “똑바로 앉아있어. 할아버지 이놈 한다.” 그런 소릴 하는 걸 들었어요. 이제는 옆모습마저 늙어 보이나 봅니다. 그러려니 하고 보이는 그 모습대로 받아들였습니다.

정작 오랜만에 타 보는 인천행 열차엔 원래 만원이라는 건 알고 있는데 아침 출근시간도 아닌데 정말 앉을 자리도 없고, 일어날 기미를 보이는 사람들마저도 없네요. 오늘처럼 몸이 힘든 날은 자리에 앉아 가고픈 마음 굴뚝같은데 말입니다. 솔직히 내내 선 채로 이 글을 쓰려니 여간 힘이 드는 게 아니고요. 그렇다고 자리를 구걸할 생각으로 앞에 앉아 있는 젊은이랑 눈을 마주칠 생각은 추호도 없습니다.

나라는 사람 애초부터 이렇게 생겨먹었는데요 뭐. 하는 수없이 두 다리에 힘 빡 준 상태로 손잡이를 꼭 잡을 수밖에 다른 방도가 없었는데 다행히 눈치 빠른 젊은이 하나가 얼떨결에 내 눈과 한번 마주치더니 벌떡 일어납니다. 꼭 다음 정거장에서 내릴 사람처럼 말입니다. 조금은 미안해 가방을 들어 준다는 눈치를 취해보지만 시종 미소 띤 얼굴로 괜찮다며 계속 앞에 서 있다가 소사역에서 내립니다. 정말로 오늘만큼은 자리에 앉아가고 싶었는데 그렇다고 많은 사람들에게 부딪치며 경로석으로 걸어갈 수도 없는 노릇이었지요. 하긴 조금 서서 간들 쓰러지기라도 하겠습니까?

올해는 새해 첫날 아침부터 부고 소식을 들은 터였는데, 어젯밤에 아는 분의 모친께서 별세했다는 소식을 들었지요.

그 부음 소식을 받고 '回歸'라는 말을 떠올리며 곧바로 검정 외투를 꺼냈습니다. 목 수술을 받은 지 얼마 지나지 않아 몸도 안 좋고 해서 웬만하면 지인을 통해 부의금만 보내도 되었지만 또 인연에 의한 입장이 입장인 만큼 꼭 가야겠기에 이렇게 먼 길을 가는 중입니다.

근데 올해도 거동은 좀 불편하더라도 이렇게 혼자 먼 길을 가고 있다는 게 한편으론 고맙고 감사한 일이기도 합니다. 이 몸에 이 정도의 힘이 아직 남아 있어서 말입니다. 문득 돌이켜보면 옛날에 운동을 했었다는 게 참 다행이다 싶어요. 그 넓은 운동장을 이리저리 뛰어다녔으므로 지금 이렇게 걸어다니는 것 같으니까요. 사실 허리뼈와 목뼈 근육은 다 엉망일지라도 다리는 그나마 무릎이며 발은 다행히 아픈 데가 없답니다. 한창 축구할 땐 백만 불짜리 다리라고 자부하고 있었는데 그러고 보면 자부할 만했었지요? 지금 내 나이 또래 사람들 중엔 다리 여기저기가 고장 난 사람들도 많잖아요. 그 사람들에 비해서는 내 다리가 얼마나 건강한지를 자랑할 만도 하고요.

조금 전 역에서 내려 장례식장에 들어갈 때엔 위치를 정확히 몰라 택시를 타고 들어갔는데 조문을 마치고 나오는 길엔 꽤 춥고 어두운 밤길을 걸어 나왔답니다. 겨울 찬바람이 불어와 내 얼굴에 마구 부딪혀도 나는 하나도 춥지 않았습니다. 되레 휘황찬란한 거리가 온통 따듯한 마음의 고향처럼 느껴졌습니다.

그 순간에도 나는 또 '回歸'를 생각합니다. 나의 몸은 이제 돌이킬 수 없는 노화의 길로 접어들었습니다마는 내 마음속엔 찬바람 속 눈길을 걸어가는 나타샤가 있어 나에게 항상 고조곤히 이야기하고 있습니다. 그 노화의 길은 절망의 길이 아니라 어데서 흰 당나귀 한 마리가 오늘 밤이 좋아서 옹앙옹앙대며 따라오는 길이기 때문입니다.

지난 한 해 '늙어 아프다'는 이야기를 주로 썼는데, 올 한 해에는 '늙어 행복하다'라는 글을 많이 쓰고 싶습니다.

정말이지 글을 쓴다는 건 그리 쉬운 일이 아닙니다. 그리고 요즘엔 우리 한글이 점점 멀어져 가는 그런 추세이고 이렇게 앉아 글을 쓴다는 것이 참 할 일 없이 보이는 감도 있는 세대이지만, 누가 뭐래도 나는 이렇게 글을 쓰며 늙어갈 것입니다.

잘 쓰든 못 쓰든 문학적으로 가치가 있든 없든 글을 쓰는 일이야말로 연어가 태어난 곳으로 거꾸로 오르며 가는 것처럼, 나 또한 그렇게 가려 합니다.

그것이 이생에서 나의 남은 할 일이라고 생각하기 때문에 어머니를 뵈러 가는 날까지 글을 쓰고 싶습니다.

상생(相生)

오늘은 심히 철없는 어린애의 투정 끼 가득한 수필 하나 쓰고자 하는데 얼굴 얘기부터 시작하고자 한다. 그러나 단순히 외모 지상주의에 빠져 쓰는 글이 아니라 사람의 외모로 판단해 버리는 이 사회적 병폐에 관해 쓰고 싶다. 사실 나의 외모는 왜 이렇게 이상하게 생겨먹은 건지 이 나이의 나조차도 마음에 들지 않을 때가 많다. 물론 뇌성마비 장애가 있어서 특히 얼굴 부분이 심하게 경직되어지기 때문이다. 말 한마디 할 때뿐만 아니라 가만히 있으려 해도 도대체가 내 의지와는 상관없이 마구 일그러지는 티가 나는 장애다. 이같은 얼굴로 평생을 살았지만 이런 모습 때문에 그때그때 당하는 일들은 천차만별 제각각인데도 어떤 경우엔 정말 화가 치미는 일도 비일비재하다.

얼마 전 신청했던 장애인 바우처 택시 카드가 나왔기에 한편으론 요금이 얼마나 싸게 나올까 궁금해서 콜을 불러 집 앞에서 노원까지 택시를 탔다. 그러나 등록절차가 다 안 끝난 카드라 미터기에 찍힌 삼 만원 가까운 요금을 고스란히 다 낼 수밖에 없었는데 지금 그 얘기를 쓸려는 게 아니라 손님을 대하는 그 택시기사에 대해 언급하고자 한다. 전에 운전할 때는 툭하면 왔다 갔다 했던 수서에서 노원까지 약 30킬로 못 미치는 거리. 그날은 마침 저녁 퇴근시간이라 한 시간도 훨씬 넘게 걸렸는데 택시기사는 그 긴 시간을 옆에 앉은 나를 계속 경계하는 눈빛으로 흘깃흘깃 쳐다보며 운전하는 것이었다. 나는 나름 조용히 앉아 가는데도 마치 나한테 무슨 해코지나 당할 것 같은 눈빛으로 말이다. 물론 이 나이까지 살면서 그런 상황을 한두 번 겪는 건 아니지만, 아무튼 그 한 시간여 동안 나는 나대로 옆의 기사의 그 같은 모습에 계속 신경을 쓰며 곁눈 짓을 하면서 내내 언짢은 마음으로 와야만 했던 내가 정말 바보같이 느껴졌었던 그날이었다. 말이라도 제대로 알아듣게만 구사할 수 있었어도 그 같은 어색한 분위기를 좀 바꿔볼 수도 있었는데. 들고 있던 휴대폰에 문자를 써서 '나 바보도 아니고 기사양반 해코지도 안 하니까 자꾸 그런 눈으로 보지 마세요.' 라고 써 보이는 것도 운전하는 양반한테 황당한 일이겠고, 자꾸만 신경이 거슬려서 기분이 상해 이런 택시 못 타니 갑자기 내려 달랄 수도 없고. 더더욱 어이없는 것은 목적지에 거의 다 와서 주머니를 뒤져 지갑을 꺼낼 때도 갑자기 흉기나 꺼내지 않을까 하는 눈으로 계속 경계하는 눈치이다.

'아~ 지갑을 꺼내야 요금을 지불하지 이 양반아! 으~~'

지나고 보니 그 바우처 카드가 등록이 안 된 상태에서 할인 혜택도 못 받는 택시요금에 그 놈의 택시 괜히 탔다는 기분이었는데 그 이상한 기사한테까지 그런 식으로 손님대접을 받으니 그날은 재수가 옴이 붙은 날이었나 보다. 그러나 모든 게 내 탓일 수밖에 없다. 그런 상황들이 싫으면 아예 택시를 탈 생각도 말아야 하는 게 맞지.

하긴 요즘은 일반적인 범주에 어긋난 별 이상한 사람들이 너무 많은 세상이라 기사들의 그런 행동이 그렇게까지 이상한 것은 아니긴 하다. 하여튼 그런 아무런 이유도 없이 해코지하는 정신 나간 사람들이 옛날 내가 젊었을 적보다 더 많아졌다는 게 문제이겠지만 사실 생면부지 모르는 사람들을 상대해야 하는 운전기사들이나 의료진들의 고충(일부 몰지각한 사람들의 범법적인 행태)을 모르는 바는 아니지만, 앞서 언급한 바처럼 장애로 인해서 어쩔 수 없이 불편함을 겪는 사람들에게는 인간적으로 가장 기본적인 배려가 필요하다는 얘기이다.

지난 이야기이지만 가뜩이나 여당의 대표라는 양반이 공공장소에서 장애인 비하 발언을 연이어 해 물의를 빚는 사회적 분위기를 차치하고라도 한 인간이 인간답게 살 수 있도록 인간 공동체의 기본이념을 저버리지 않는 아름다운 세상이 되어야 하는 것이 아니겠는가! 이렇게 써놓고 보니 좀 거창한 표현이라 우스운 감도 없지 않으나, 장애인에 대한 인식 더욱이 나와 같은 언어장애가 있는 뇌성마비 인식은 더더욱 바뀌어야 한다. 사람관계에서 언어소통이 제일 중요한 부분이기 때문에 말(언어)이라도 제대로 한다면 선입관은 금세 바뀌는 반면 처음부터 말을 못 하면 상대방의 반응은 '아! 이 사람은 말을 못 하니까 아무것도 못 할 거야' 해버리기 일쑤다. 거기에 대고 왜 그랬냐고 따질 거야 뭐할 거야! 설사 얼굴 붉혀가면서 따진다 해도 말귀조차 못 알아듣는데.

이럴 때 나는 '지니'가 그립다.

펑~

'주인님, 무엇을 도와드릴 깝쇼?'

'딴 거 필요 없고 저 사람한테 나 바보 아니라고만 전해 줘. 알아듣지 못하면 꿀밤이라도 한 대 때리든지.'

펑~

이른바 나는 태아 때부터 장애를 안고 태어나 이 나이까지 살아가지만 그 여당 대표노인이 말한 것처럼 선천적 장애인이어서 의지가 약하다거나 무식하다는 소리는 아직까지 들어보지 못했다.

이왕 이 글을 쓰는 바, 한 가지 짚고 넘어가고자 하는 것은 나뿐만이 아니고 보통 뇌성마비 장애인들은 심하거나 좀 경하더라도 삶에 대한 의지는 누구보다 강하고 무엇보다 본성도 착하며 게다가 툭하면 사고치는 이들은 아직까지 단 한 명도 못 봤다. 하다못해 사기를 쳤다거나 또 누군가를 두들겨 패서 감옥엘 들어갔다는 뇌성마비는 여태 들어보지를 못했다는 것이다.

일찍이(1984년) 젊을 적부터 '청우회'라는 전국뇌성마비 청년모임 창단멤버로 그동안 수많은 뇌성마비 친구들과 친분을 유지해 온 내가 가장 자신 있게 얘기할 수 있는 점이 바로 그것이다.

인생을 살아가는데 나의 존재를 아는 사람들은 참 많다. 그리고 나를 모르는 수많은 사람들 속에서도 웃음을 잃지 않고 살았으며 무엇이 참 행복인가도 많이 배우며 살아간다. 우스갯소리로 제대로 된 사람이 한 오 분 동안만 나와 대화를 한다면 나에 대한 선입견이나 편견 등을 80 프로 이상 완화시킬 수 있는데 세상은 그렇게 돌아가지 않는 일들이 대부분이다. 한편으로 생각해 보면 이렇게 철없이 써대는 것 또한 내가 정말 고쳐야 하는 부덕인지도 모른다. 하지만 이 글을 읽는 사람들이나마 내 글에 공감을 하고 뇌성마비, 나아가서 장애인들의 인식을 보다 더 새롭게 가다듬었으면 하는 바람이다.

같이 좀 어울려 웃고 살자 이 말입니다.

상생하자고요!

코로나

난생처음으로 평소엔 생각지도 못한 전염병이 이리도 무섭다는 걸 뼈저리게 느끼고 있는 중입니다. 사실 저도 이번 코로나19사태가 터지기 이전엔 그다지 위생적으로 깨끗한 사람이지 못했었으나 이젠 한번 씻을 손도 두세 번씩 그것도 엄청 깨끗하게 박박 문질러댑니다. 그리고 이번 겨울엔 바깥 활동이 많이 줄어들고 찬바람을 덜 맞아서인지 겨울이면 꼭 한두 번 걸리는 감기도 올해엔 한 번도 안 걸렸답니다. 어쩌면 내게는 이번 코비드 19가 그다지 안 좋은 것으로만 작용하진 않았는지도 모릅니다. 약 20일 전 대구 신천지 신도인 31번 확진자가 나올 때쯤 썼던 글에 그렇게 썼었지요. 지금 이 시국에 멋도 모른 채 돌아다니다가 재수 없게 확진 판정을 받으면 몸도 이런 놈이 싸

돌아다니다가 걸렸다고 지인들이나 주위 사람들에게 곱지 않은 손가락질 받을지도 모른다는 그런 글을 썼었는데요, 다행으로 코로나 걸렸다는 이야기들은 지금 다 남의 이야기일 뿐 저랑은 상관없는 얘기일 수는 있겠으나, 날이면 날마다 이번 코로나 사태가 진정이 안 되는 추세에 안쓰러운 마음입니다. 하루빨리 이 사태가 종식이 되어 바깥 생활 활기차게 하고 보고 싶은 사람들도 마음대로 만났으면 좋겠고요.

코로나19라는 뉴스가 퍼지기 시작된 때가 한 달 조금 넘는 시점을 지나 7000명이 넘는 확진자들이 쏟아지고 있으나, 사실 코로나 감염은 즉각적으로 나타나는 증상이 아니기 때문에 양성 판정자로 나온 자신들도 어디서 누구에 의해 걸렸는지 모르는 일인데, 하루아침에 날벼락과도 같은 당국으로부터 자가 격리 조치 이행하라고 감시당하며 많은 사람들로부터도 손가락질까지 당하는 현실이 안타깝기 그지없을 것입니다. 물론 현재 확진자 대다수가 신천지라는 듣도 보도 못한 이 사회의 암적인 이단 종교를 믿는 사람들 때문에 사태가 이렇게 커져버렸는데, 영문도 모르는 그 외의 사람들에게는 정말 큰 고통이 아닐 수 없을 것입니다. 갑작스럽게 격리 조처되어 치료해야 한다는 현실도 아닌 밤중에 홍두깨마냥 황당할 일일 것이고, 어쩌면 감염 치료 문제는 나중 문제일 것이겠지요. 아무쪼록 그 사람들에게 미약하나마 작은 위로의 수필을 쓰고 싶었으나 이런 글은 저랑 퍽 어울리지 않습니다. 그러나 이 얘기는 꼭 하고 싶어요.

종교 이야기는 되도록 쓰고 싶진 않았으나 지금 상황엔 쓰지 않을 수가 없습니다. 사실 그 신천지라는 사이비 종교에 빠져 자신의 인생을 망침은 물론 애꿎은 남들에게 피해 입히는 몰지각하고 넋 나간 신천지 신자들은 이왕 이렇게 낱낱이 파헤쳐진 거 이번 기회에 환골탈태해서 제발 정신 차리고 살았으면 좋겠다는 생각입니다. 이 귀한 삶을 그런 리더십은커녕 카리스마 하나 없는 한낱 추하게 늙어가는 노인한테 속아 살지 말고 사람답게 살아가기를. 한 번뿐인 인생, 아깝지들 않나요?

저도 그동안 전혀 알지 못하다가 뉴스를 접하고 안 사실이지만 보니까 신천지 교인이라는 사람들은 죄다 자신들의 신분을 감추고 또 숨어서 활동하고 기가 찰 정도로 자기 가족들마저 속이는데 그런 정신으로 어떻게 다른 일상생활이 제대로 굴러가겠습니까. 혹시 저를 처음 보는 사람들이 제 겉모습만 보고 판단하듯 너 같은 인간이 뭐 안다고 그 따위 말을 하냐고 한다면 할 말은 없습니다만.

여기 이쯤에서 화제를 좀 바꿔보겠습니다. 이 코로나 바이러스가 터지는 바람에 그동안 몰랐었던 용어들이 많아서 흥미롭게 배우고 있는 중이라 몇 가지 나열해 보면… 좀 많더라고요.

자가 격리,

코호트,

기저질환,

슈퍼전파자,

음압병원,

펜데믹,

증거장막성전,

포비아 현상,

방호복,

KF94마스크,

마스크대란,

마스크5부제,

변곡점,

동선 파악

줌바 댄스,

사회적 거리 두기,

행정명령,

생활치료센터,

국민안심병원,

마음방역,

코로나블루 등등

너무 많은데 그냥 웃을 수만은 없는 현실이지 않은가요!

아무튼 비 오고 난 뒤의 땅이 굳는다고 이 기회에 우리나라 사회적으로 곪은 상처가 터져 마침내 고름을 빼내고 아픔을 치유하는 계기가 됐으면 좋겠습니다. 제가 쓰는 이 글을 과연 몇 명이나 읽을지 모르지만 기도하는 마음으로 이 글을 씁니다.

요즘에는 코로나 얘기가 아니면 쓸 이야기들이 없는데 앞으로 얼마나 오래 갈는지.

뇌성마비 나비

한번은 차를 몰고 고속도로에서 겁도 없이 150킬로로 밟아본 적이 있었다. 그땐 계속 100킬로 이상으로 가고 있었기 때문에 난생처음 밟아보는 그 속도가 별로 빠르다는 감을 느낄 수 없었는데 뻥 뚫린 고속도로에서 말이다. 그런데 요즘 무슨 바람이 부는 건지 다시 한번 그렇게 밟아보고 싶다는 생각이 퍼뜩퍼뜩 드는 건 왜일까? 이제는 차도 없으니 렌터카라도 빌려서 그냥 한두 번쯤 그렇게 살고 싶을 뿐이다. 한 달 두 달 자꾸 늙어가는 몸이라 이젠 그 무엇을 해도 내 생의 마지막일 것 같다는 절박함 같은 거? 그 같은 젊은 패기가 어쩌면 철이 없는 망상으로 비칠지 모르지만 말이다. 아닌 게 아니라 아직은 그만한 일들이 내게 그렇게까지 불가항력적인 일은 아니라고 생각하나 보다. 환갑이 넘은 지금의 내 몸 상태가 온갖 기저 질환을 달고 살아도 아직까지는 활동보호사의 도움이 없이도 모든 일들을 혼자서 해결할 수 있으니 말이다.

사실 지금으로부터 몇 년 전만 해도 축구화를 신고 운동장에 나가 공을 찼었던 몸이었지만 지난 여름에 여섯 번째의 경추 재수술을 하고 난 후부터는 아예 그렇게 운동장에 나갈 생각조차 없어져버린 건 사실이다. 이젠 운동장에 나가 달리기는커녕 동네 한 바퀴 천천히 걷는 것도 힘에 부치는 게 나의 현실이니까. 뇌성마비 장애 몸으로 그나마 날렵했던 몸이 급작스레 망가져버린 때는 바로 환갑이 머잖은 무렵부터였다. 그리고 그때부터 나는 실제 나이에 스무 살 정도를 더 얹은 이른바 거동이 불편한 노인의 길을 걷게 되었고, 요즘엔 마스크 줄을 귀에 거는 것조차 힘에 겨운 중증 뇌성마비가 되어버렸는데 마스크를 쓰고 있어도 가만히 쓰지를 못하고 얼굴이 자꾸 움직거리다 보니 자꾸 코 밑으로 내려오는 걸 밀어 올리는 일이 습관이 되어버렸다. 게다가 마스크 때문에 숨을 쉬기도 어려운 사람은 세상에 나밖에 없는지도 모른다.

환갑 전후로 정녕 내 마음속에서 훨훨 날아다니던 나비

의 날갯죽지가 툭 부러진 것 같다는 사실을 자각해야 했다. 비로소 호접몽을 쓰고 앉아있는 장자의 허탈한 가슴으로 살아야 한다는 것을 깨달아가는 중이라 할까.

아하, 한날 꿈이었구나! 그날로 되돌아가 생각해보니 잠자고 있던 내 마음에 어디선가 한 마리 나비가 날아와 훨훨 날아다니고 있었으나 이제는 이 힘겨운 몸으로는 도저히 같이 노닐 수 없어 놓아 주어야만 한다는 것을 알아가는 중이다. 이윽고 생전 변하지 않을 것만 같던 청춘의 패기마저도 세월 따라 몸 따라 어쩔 수 없이 늙어간다는 걸 터득한 혜안의 눈을 떴으나 그것마저도 전도몽상(顚倒夢想)이라는 말처럼 모든 사물을 똑바로 바르게 보지 못하고 혹은 거꾸로 삐딱하게 보고, 헛된 꿈을 꾸고 있으면서도 그것이 꿈인 줄도 모른 채 착각하고 있었던 것이었는지도 모른다. 금방 눈에 띌 정도로 하루하루 늙어가고 몸 상태가 날이 갈수록 안 좋으니 이제야말로 모든 것을 내려놓을 때라는 걸 알면서도 허풍 가득한 인간인지라 그런지 얄팍한 인연들의 끈이 얼마나 질기다는 것 또한 나 몰라라 할 수가 없었다. 인간 본연의 쾌락적 속물에 속아 나는 오늘도 그것이 헛된 꿈의 조각인 줄도 모르고 예전의 그 150킬로 속도감에 쓴웃음을 짓고 있는 것이다.

엊그제 심장초음파를 찍고 왔다. 이젠 정말이지 조금만 걸어도 숨이 차서 걷다가 말고 그 자리에 서서 쉬는 지경에까지 이르렀다. 이러다 심장이 갑자기 멎어버리는 게 아닐까 할 정도는 아니더라도 조금 걷다 쉬고, 또 조금 걷다가 쉬고 또 50미터 정도도 가다가 쉬고 가다가 쉬고……. 그리고 이젠 눈까지 이상해졌는지 해가 나오지 않았는데도 눈이 부시어 눈이 감기며 눈꺼풀을 비비는 행위에 이젠 넌덜머리가 날 정도다. 맑은 날 밖에 나가기만 하면 그러니 큰 일이 아닌가 말이다.

요즘 코로나 바이러스 때문에 배운 단어 중 하나인 기저질환이 작년 올해 한 가지씩 늘어나 이러다가 한 이삼년 후면 완전 산송장이 될 수도 있겠다는 생각에 하루빨리 꿈에서 깨어나 대책을 세워야 하는데……. 알게 모르게 그동안 너무 복잡하게 살아온 것 같아 인간으로서 보다 깨끗하게 삶의 정리를 해야 하는데도 그 과정은 또 뭐가 이리도 복잡한 건지.

아 그러나 정리한다는 일은 평소 습관이 안 되어 있으면 되레 정리한다고 오히려 개판 5분 전이 될 수도 있나니 지금부터라도 정리하는 습관을 하나하나 새겨놓아야 하는데…….

이제 내 마음속 나비는 그때 그 정다운 날갯짓을 못한다. 이제 병들고 좁은 이 마음속에서는 살 수 없음을 알고 그만 놓아주어야 하고, 맑고 맑은 그 본래대로의 영혼의 날갯짓으로 날아다닐 수 있도록 놓아주어야 한다.

그러나 나는 여전히 내게 닥친 이 현실을 똑바로 보지 못하고 자꾸만 비뚤어진 눈으로 보고 있기에 어쩌면 그 나비에게 미필적 고의의 가중 처벌까지 감수해야 하는지도 모른다. 그리하여 다시금 나의 생의 말로가 보일 듯 말 듯,

그러나 동토를 깨고 먼 데 아지랑이 속에서부터 봄바람이 불어오는데,

그 바람 속으로 보일 듯 말 듯 고개를 내민 따오기 한 마리!

조금 전 내 마음을 떠난 나비가 날아간다.

정다운 모습이다.

달팽이의 꿈

한 달 전쯤, 허리 수술을 받은 이후로 정말이지 척추나 경추나 특히 어깨 근력이 얼마나 중요한지 뼈저리게 깨닫는 중이다. 그나마 환갑이 가까운 뇌성마비 장애인이 지금 이렇게 걸어다니는 데에 아무 이상이 없는 원인은 몇 년 전까지도 운동장을 뛰어다녔기 때문인 감도 든다. 그래도 얼마 전부터는 아침에 잠에서 깨어 일어나기조차 곤욕일 정도로 힘든 몸인데, 그동안 축구로 다져진 다리 힘 때문에 이렇게 걸어 다닐 수 있는 게 아닌가 생각해 본다. 하지만 모든 일엔 좋은 점이 있는 반면 그렇지 않은 점도 있다는 걸 안다.

오늘로 수술한 지 한 달이 지나 주치의를 만나고 왔다.

한번 앉으면 다시 일어나는 것이 너무 힘든데 왜 그런 거냐고 물어봤더니 그건 무조건 시간이 약이라는 의사 말에 이해가 가는 둥 마는 둥 했지만 수술 전 몸 상태에 비하면 그야말로 희망적인 아픔이라는 생각이다. 그냥 시간이 약이라는데 그보다 더 좋은 말이 또 있으랴. 나날이 늙어가는 몸에 통증이 완벽하게 사라지진 않겠지만 지금보다 조금이나마 좋아질 거라는 믿음으로 조심조심 견뎌내는 수밖에 없지 않겠는가.

그러나 한편으론 움직일 때마다 아픈 건 어쩔 수 없이 힘들고 짜증나는 일이다. 게다가 이런 몸으로 치료에 학업까지 병행해야 하니 더욱 힘이 드는 하루하루이고 더욱이 수술 부위가 하필 목 어깨 허리여서 조금만 앉아있어도 금방 신호가 오는 걸 어쩔 수 없이 감내하는 수밖에 없다. 벌써부터 선배들은 기말시험에 대비하는 모습을 보여야 한다는데 이렇게 안 좋은 몸으로 무슨 시험공부를 하랴? 자칫 잘못하다가는 이번 학기 과락까지 각오하지 않을 수 없다. 어쩌다가 무슨 무슨 특강을 들으러 학교엘 가면 거기 모인 사람들의 눈빛들이 완전 수능시험 보는 애들의 눈빛처럼 살벌하게까지 보인다. 솔직히 너무들 공부 공부만 외치다 보니 애초 내가 생각했던 공부 방향 하고는 도대체가 맞지 않아 내가 지금 이 선택을 잘못 한 건 아닌가 하는 생각까지 든 적도 여러 번 있었다.

물론 교과 과목 대부분이 글 쓰는 법에 관해 어떻게든 연관되는 건 맞지만 정작 이 나이에 그런 전문적인 공부는 내 수준에 조금 어려운 일인 것만은 사실이다. 예를 들어 공시론 통시론이나 구개음화 등등 그런 국어학 개론을 배우는 건 우스운 말로 이 뇌성마비인 뇌가 아예 폭발 직전이다. 그렇게 처음부터 학교 교과 과목에만 매진하다 보니 요즘엔 내가 쓰고 싶은 글 한 줄 쓰기도 어렵다. 이러다가 평소 내 감성을 이루는 작문 감각을 잃어버리는 게 아닌지 내심 걱정이다.

누군가는 그런다. 그럴 바엔 글 창작 문학아카데미에나 들어가지 왜 쓸데없이 국어국문학과를 들어갔냐고. 그러고 보니 그 말이 그다지 틀린 말은 아닌 것 같지만 어쨌든 시작은 했으니 가는 데까지는 가 보자 하는 마음이다.

아무튼 인생이란 이렇게 살아가는 건가 보다. 세월이 가면 나이를 먹고, 나이를 먹으니 늙는 게 당연하며 또 늙어지니 몸 여기저기에 이상이 생기는 거지. 이 세상 안 늙는 사람 없을 터인즉 이 나이에 이 정도 아픈 거라면 오히려 다행이지 싶기도 하다.

어쨌거나 이 정도는 충분히 감당해야 하고 또 감사해야 할 일이다. 이젠 우리 동네에서 제일 멋진 늙은이로 하늘이 부르는 그날까지 내게 주어진 삶에 대처해야 하지 않겠는가.

삶이란 그렇게 대단한 것도 그렇다고 하찮은 것도 아니라는 것을 알았으니 그저 나를 좀 더 아끼며 가족과 이웃과 친구들에게 피해주지 않아야 하고, 그리고 그들에게 아주 작은 행복이라도 나누어줄 수 있는 삶이라면 그것이 내가 이 세상에 온 이유요, 또 이 세상 살아가는 최고의 가치가 아니겠는가 말이다.

꼭 그렇게 살다 갈 일이다.

제비

옛날서부터 조영남의 제비라는 노래를 참 좋아했다. 그 노래를 유리상자의 박승화가 자신이 진행하는 모 방송프로그램에서 라이브로 기타를 치며 부른 노래를 녹음해서 무료할 때면 듣곤 하는데 그 노래를 들을 땐 항상 나의 마음속에 제비 한 마리 품고 있는 듯하다.

사실 지난 겨울은 매우 힘든 겨울이었다.

뇌성마비장애의 몸으로 60을 넘긴 육체적인 아픔이며 게다가 내 인생에서 해보지 않았던 생소한 일 하나를 맡아가지고 앞으로 심신미약 노인으로의 길을 힘겹게 가야할 운명일지도 모르는데, 사람들은 또 그런다. 아직까지 할 일이 있다는 건 행복한 일이라면서 당신은 충분히 잘 해낼 수 있을 거니까 너무 그렇게 걱정하지 말라고.

그런저런 와중에 어제는 30년도 넘게 우정을 나눈 한 뇌성마비 동생의 죽음을 배웅하고 왔다. 내 곁을 떠났던 제비 돌아오는 날에 너는 뭐가 그리 급해 내 곁을 떠나갔느냐? 그 노래에서의 제비는 내년 봄에 다시 온다지만 그 동생은 이제 영영 돌아오지 못한다.

그렇게 속절없이 떠나버린 아쉬움에 지난 밤 내내 가슴이 아려와 잠을 설치다가 새벽녘에 잠이 들었으나 아침에 일어나는 건 평상시처럼 우리 강아지가 내 머리맡으로 와서 끙끙대며 깨우는 바람에 멍한 상태로 일어났다. 하긴 우리 강아지에겐 누가 떠나든 말든 자기는 어제 그 시간이니까 일어나 밥 달라고 깨울 뿐이다.

그렇게 떠난 자와 남아있는 자의 사이에서 시간은 그 아무 일도 없었던 것처럼 아침이 되자 찬란한 태양을 띄우고, 2월의 마지막 날의 찬바람이 불어오는데, 이제 곧 봄이 오면 산 너머 꽃 피는 그곳으로 가 내 너랑 또 다른 정다운 이야기 많이 하고 싶다. 시나리오로 에세이로 시로.

세상을 떠나버린 그 동생은, 60가까이 살면서 장애 때문에 차마 살아보고 싶었어도 살아보지 못했던 세상을 두고 떠났다.

네가 그토록 살고 싶었어도 못 살고 떠난 아쉬움에서 벗어나 안식할 때. 망자여! 이제 장애도 없고 아픔도 없을 그곳에서 편히 안식하기를.

이제 늙고 병든 나도 또 다른 해야 할 일이 생겼다. 그도 그럴 것이 내 지금의 나이에 20년 정도를 더한 나이가 내 신체 나이임을 감안한다면 늙고 병들었다는 표현은 그다지 잘못된 표현은 아니지 않나 싶다.

어쨌든 이 몸에 문학모임 하나를 맡았으니 그것이 나에게 남은 생의 더없는 축복의 선물이 될는지 아니면 더없이 무거운 짐이 될는지 아직은 모르지만 나는 아직 뭔가를 할 수 있다는 건 필시 고무적인 일임에는 틀림없는데, 이 또한 사람의 일이라 생각 같진 않을 것이란 걸 안다.

어제 문화관광부 예술문화지원센터에 시나리오 제작 관련 지원금신청서를 제출했다. 사실 영화 시나리오 쪽에는 별로 관심도 없고 영화 보는 것도 싫어하는 사람인데 이젠 시나리오 공부부터 시작해 영화제작에 관한 모든 일을 해야 할 상황이다. 우리 모임의 어떤 회원 한 명이 우리도 영화 한 편 만들어 봤음 하는 바람에서 시작된 일이지만 만일 사업 확정이 된다면 죽이 되던 밥이 되던 시작해 볼 요량이다. 미장센이라는 말은 바로 이럴 때 써먹으라고 배웠나 보다. 연극을 시작하기 전 무대의 모든 설계를 말하는 것으로 알고 있는데 지금의 내 상황과 딱 맞아떨어지는 용어이다.

생각해 보면 그리 많이 남아 있지 않을 것 같은 여생 그저 평범한 회원으로 있으면서 아무 걱정 없이 쓰고 싶은 글이나 쓰며 유유자적하는 삶이 앞으로 내가 살아가야 하는 길일 수도 있다. 아니 그런 사람이기를 원했지만 뇌성마비 장애를 앓는 선배로써 후배 뇌성마비 장애인들의 보다 행복한 삶에 조금이나마 보탬이 된다면 그것이 또한 내가 이 세상을 살아가는 이유가 될 수 있는 일이 아닐까?

나머지 인생을 그나마 잘 산다는 것은 무엇보다 내게 주어진 오늘 하루 감사하는 마음으로 받아들여야 할 것이고, 앞으로 다가올 많은 날들 동안 나의 이런 마음이 변하지 않아서 특히 나와 함께 하는 뇌성마비 동생들의 마음과 잘 어우러져 참 행복의 삶으로 발전해 나가기를 바라는 것이라고 본다.

어제 하늘나라로 떠난 그 동생과 함께 뛰던 날들이 그립다. 지금으로부터 30년도 넘은 예전, 젊은 패기 하나만으로 우리들의 축구부 한번 멋지게 만들어보자고 했을 때 그 동생은 그저 웃으며 동조했었다. 나처럼 축구를 좋아하지도 않았었는데도 나에게 힘을 실어 주었던 그날의 그 마음이 고마웠고 또 그 후로도 내게 내내 힘을 실어주던 그였다. 이제 나는 그때처럼 새파란 청춘은 아니지만 아직 다하지 않은 내 남은 삶의 열정을 내팽개칠 수는 없다.

이제 먼 나라로 떠나버린 그 동생은 볼 순 없지만 또 다른 뇌성마비 동생들과 함께 새로운 길을 가야 한다. 우리는 힘겨운 산길을 가다 약수터에서 만난 사람들처럼 서로에게 휴식 같은 친구가 되기를 바랄 뿐이다.

계절이 바뀌고 봄은 또 내 앞으로 왔으니 그 봄은 곧 나의 봄이다.

겨우내 살을 에는 추위 속에서도 견딜 수 있었던 것은 이렇게 나의 봄이 오리란 걸 알았었기 때문이리니…….

그리고 내가 살아있는 한 그 무언가 기다림의 연속이라는 걸 알기에 나의 봄은 그 모든 시련과 아픔을 딛고 일어날 수 있는 거지.

(사랑했기에 멀리 떠난 님은 언제나 모습 꿈속에 있네.

먹구름 울고 찬 서리 친다 해도 바람 따라 제비 돌아오는 날

고운 눈망울 깊이 간직한 채 당신의 마음 품으려 합니다.)

우리 동네 멋진 할아버지

요즘은 지병 없이 건강한 사람들은 거의 팔팔한 환갑을 맞는다는데 저는 거동이 어려워 가급적 천천히 산책을 하거나 아니면 앉아서 글이나 쓰는 나날로 보내는 중입니다. 이렇게 글이라도 끄적거릴 소일거리가 있음이 행복이라 생각하면서 오늘은 인생 희로애락의 노(老)에 관하여 글을 써볼까 합니다.

사실 현대 사회는 70대가 좀 넘어야지만 노인에 해당되지만 그런 얘기들은 일반 정상인들의 얘기일 뿐, 저와 같은 뇌성마비장애인들과는 거리가 있는 이야기입니다.

그래도 예전에 운동할 땐 누구보다 강골(强骨)이라는 소리도 들었었으나 결국 이른 나이(?)에 이렇게 하루하루 진통제로 살아가는 몸이 되고야 말았습니다.

어쨌든 세월 앞에 장사 없다! 라는 말을 운운하며 글을 쓰기에는 많이 이른 나이인 건 분명합니다. 그런데 그 긴 세월을 장애를 안고 살아왔기에 같은 또래들보다는 더 많이 늙어있다는 말에는 다들 공감할 것인즉, 앞으로는 좀 더 삶의 희로애락이며 생로병사를 글로 적어가고 싶습니다. 태어나고 늙어가고 병들고 죽고, 또 그 안에서 기뻐하고 성내고 슬퍼하고 즐거워하는 삶의 섭리 안에서 '늙음'은 우리의 삶 중 과연 얼마만큼의 비중을 차지할까요?

물론 그 비중은 사람에 따라서 얼마 안 될 수도 있겠지만 여기서 제가 얘기하고자 하는 건 사람이라면 누구나 늙게 마련이고, 그 늙음이라는 것은 인간들의 삶 중 매우 중요한 부분을 차지하는 것이라서 그 과정을 글로 써보고 싶었습니다.

정녕 늙는다는 것은 인생에서 가장 중요한 때가 아닐는지요!

늙는다는 것은 그때껏 전혀 예상하지 못한 일들이 부지기수로 다가오고 있는 시점이라서 누구나 다 늙음 앞에서는 무기력해질 수밖에 없는데, 누군들 자신도 모르게 무서운 치매에 걸려 애꿎은 가족들에게 커다란 피해를 주고 싶겠으며 또 누군들 불치병에 걸려 인생 끝 날까지 골골 늙어가는 노년을 원하겠습니까?

그런데 신(神)은 우리 인간들에게 내일 다가올 일들을 미리 가르쳐주지 않겠지요.

그 신에게로 가야할 때가 머지않았는데도 말입니다. 간혹 무서운 의지력으로 늙음의 난관을 뚫고 나가는 사람들도 소수 있습니다만, 거의들 신의 함수에 걸려들고 마는 게 대부분의 인간이지요.

그 절망의 늪으로 빠져서 추해지는 것도 인간들의 몫이고, 또 그렇게 추하게 늙어가는 사람들을 살아오면서 허다하게 많이 보았습니다.

무릇 사람들은 누구나 다 곱게 늙어가고 싶을 것이고, 그날까지 건강하게 살다가 자는 듯 편안하게 가고 싶지 않은 사람이 어디 있을려구요. 그러나 사람들마다 무슨 일이든 마음먹은 대로 다 된다면 우스개 이야기로 아마 신마저도 그런 인생 있으면 자기가 그렇게 산다고 할 것입니다.

그도 그럴 것이 늙어질수록 삶의 어떤 노하우가 생겨 인생이 좀 더 수월해져야 하는데도 현실은 웬 근심걱정이 자꾸만 생기는지, 게다가 예고 없이 찾아오는 건강문제가 가장 큰 데미지로 작용하게 됩니다.

하지만 늙어간다는 게 어려운 일만 생기고 또 뭐 그리 서럽고 추한 것만이 아니라, 한 인간으로서의 평생을 통하여 쌓이고 쌓인 내공이 비로소 세상 그 무엇과도 바꿀 수 없는 아름다움으로 변하는 시기가 아닐까 생각해봅니다.

오랜 시간 잘 익은 과실의 향이 다르듯 말입니다. 물론 몸이 정말로 많이 아프면 그 아름다움조차도 그 빛을 잃어버리기 마련이겠지만 몸이 아픈 거야 어쩔 수 없이 받아들여야 하는 숙명일 수밖에 없는 거라서 생은 고해(苦海)라 했나 봅니다.

문득 이런 생각을 해보네요. '건강은 건강할 때 지켜라'라는 말이 있듯이 사람들 대부분 자신이 아프지 않을 때엔 그 아픔에 대해 체감하지 못하는 법이지요. 아무리 이것저것 그럴듯한 근거로 이해하려 해도 직접적인 고충은 몸소 당해봐야지만 뼈저리게 느낀다는 것이지요.

하물며 평생을 몸 불편한 장애인으로 살아온 저조차도 젊었을 적 장애인 축구 선수로 뛰어다닐 때엔 지금의 몸 상태가 얼마나 괴로운가를 몰랐으니까요. 그랬기에 저도 더더욱 지혜롭고 곱게 늙어가는 법을 몰랐다는 얘기도 될 수 있겠는데 대개 보면 젊어서부터 몸에 좋다는 건 다 먹고 건강 문제만큼은 남달리 신경 쓰며 살아가는 사람들도 '한 방의 부르스' 라는 우스운 말처럼 건강이라는 문제는 자신한다고 그대로 유지되는 게 아닙니다. 어쩌면 그런저런 이유는 아마도 몸에서부터 나오는 게 아니라 바로 마음에서부터 비롯되는 것인지도 모르고, 몸뚱이 관리하는 것도 중요하지만 먼저 마음을 갈고 닦아야 비로소 곱게 늙어가는 길일 수 있다는 생각입니다.

섭생(攝生)이라는 말이 있습니다.

말 그대로 해석을 하면 평소 건강을 잘 관리해서 무병장수한다는 말이라는데 그 건강을 잘 관리한다는 의미가 여러 가지 있겠습니다마는 역설적으로 노자(老子)는 너무 편안한 것만 추구하면 몸은 쉬 망가지는 법이라 했답니다. 노자의 근본적 사상인 무위자연(無爲自然)은 자연이 아무 일도 하지 않는 것처럼 보이지만 실상은 세상의 모든 도(道)를 본받게 하며 또 아우르는 것이라 했습니다. 그래서 노자는 자연에 순응하는 행위보다 인위적으로 무엇인가를 하려는 행위가 더 몸을 망가뜨리는 결과를 초래하는 것이라고 했다는데 정작 건강을 잘 관리한다는 말은 실상 정답이 없는 문제일지도 모릅니다. 행복의 정의가 사람마다 다르듯이 말입니다. 다만 노자의 말은 정도를 벗어나는 생활은 어느 쪽이든 쉬 망가진다는 것을 가르쳐 주는 말일 테지요. (노자를 좀 좋아라 해서 잘난 척 좀 하게 됐는데 한편으로는 양해를 구합니다.)

암튼 그렇게 사람이 늙어지면 누구나 일할 수 있는 능력이 떨어지고 젊을 때보다 할 일 없이 소일하는 경우가 많아지는 것은 인지상정이라서 그 무력감에서 오는 무위도식이야말로 자신의 정신살을 갉아먹는 암적인 것이 아니겠는지요. 그래서 노자는 그 한쪽으로만 치우쳐서 살아가는 현상은 멀쩡하던 몸까지 쉬 망가뜨리는 것이라 했던 게 아닌가 하는 생각을 해봅니다.

그동안 제가 60갑자를 돌아온 세월을 돌아보니 앞으로의 세상은 저에게 그동안 모르던 새로운 길이 있음을 알려주는 듯합니다. 그 길이 어떤 길이어도 이 모습 이대로 또 성내지 않고 가는 것만이 곱게 늙어가는 길일 것입니다. 이제 나머지 생을 그러한 삶의 과정을 통해 늙음의 본질을 터득하고, 나아가서 제가 죽어 사라지는 그 순간까지 인간으로서 꼭 해야 할 일을 사색하고 또 그것들을 글로써 기록하고 싶은데, 그렇다고 그 일이 그렇게 꼭 되리란 법도 없고 또 대단할 것까지야 없겠지만 그 삶은 나름 나의 천명(天命)이 아닌가도 싶네요.

저 유명한 중광스님이 자신의 묘비명으로 새겨놓았다는 '괜히 왔다가는 삶…' 그런 삶은 죽어도 살고 싶지는 않네요. 이제부터의 삶은 그동안 나의 소원과는 별개인 삶을 살고 싶습니다. 중년으로 접어들면서부터 몸이 아프기 시작한 그날들로 말미암아 겪은 늙어가는 과정을 재발견하며 또 다가올 그것들을 잘 받아들이는 일이 내 나머지 생의 과업이겠지요.

그러나 그 방법을 깨치고 그 방법에 맞게 살아가고자 하는 생의 과업이 말처럼 그렇게 쉬운 일은 아니겠지마는… 남은 생, 이승에서의 일들을 하나하나 되돌아보고 정리하는 삶이 이른바 저 위에 제목처럼 곱게 늙어가는 삶이 아닌가 생각을 해보게 됩니다, 종착역에서 가지고 갈 건 그 아무것도 없을 테니 말입니다.

사실 이렇게 글을 쓴다는 즐거움도 지금처럼 어느 정도 손가락이 말을 들어야 쓰는 것인데, 그 손가락이 말을 들어야 한다는 것도 언제 그 기능마저 마비가 될는지도 모르는 일이예요. 작년 여름처럼 한 발짝도 걷기 힘들었던 때가 또 언제 제 손가락에 장난을 걸어올지 모르는 일이

잖아요. 늙어 노화가 오면 누구나 다 그렇겠지만 뇌성마비 장애가 좀 골치 아픈 장애예요. 그럴 때가 오기 전에 한 자(字)라도 더 쓰자! 라는 게 지금 제 욕심입니다.

예전처럼 뭐 특별난 포부가 없어도 곱게 늙어가고 싶으면 정성들여 글을 쓰는 일밖에 없는 것 같고, 아직은 이렇게 글을 쓸 수 있으니 더 없는 행복으로 알겠습니다. 아직 죽음의 문턱까지 가지는 않았으나 그 전의 제 생각과 행위 모두는 저의 죽음을 위한 노래와 춤이라는 것을 압니다.

노래와 춤에는 리듬이 있지요. 그리고 거기에는 자신만의 흥이 있답니다. 그날까지 고운 모습으로 흥겹게 살다가 가고 싶습니다. 앞으로 그런 삶을 살 수 있다면 이 세상 가장 행복한 사람 아니 우리 동네 제일 멋진 할아버지가 아니겠습니까.

노란 민들레

사람들은 저마다 행복을 추구하면서 살아갑니다. 그런데 그 행복하게 산다는 것은 마음먹은 대로 잘 이루어지질 않습니다. 하긴 자신이 좋아하는 게 마음먹은 대로 다 이루어진다면 행복의 가치는 그만큼 떨어지겠죠. 그러니 행복하지 않은 일들과도 잘 어울리며 살아야 하는데 그게 말처럼 쉬운 일이 아니라서 아마 대부분의 사람들은 행복한 일보다 그렇지 못한 일들이 더 많은 세상이라 할 것입니다. 살면서 행복과 불행의 퍼센테이지가 6:4정도로 유지된다면 좋으련만 사실 그 반대인 경우가 더 많겠지요.

어릴 땐 모르지만 어른이 되면서 우선 제일 걱정되고 피곤한 일이 먹고 사는 일이 아닐까 하는데 거기에 따라 사람들과의 원만치 못한 관계도 불행의 원인이 되겠고, 또 그 밖의 여러 가지 안 좋은 이유들로 많은 어른들이 행복하지 않다는 말들을 많이 하는 걸 들었습니다.

하지만 그런 가운데서도 행복하게 산다는 건 그렇게 어려운 것만이 아닌 의외로 쉬울 수도 있는데 이를테면 생각이나 행동하는 걸 살짝만 바꿔도 의외로 쉽게 풀리는 것이 보통의 인간사가 아닐까 합니다.

한 해 한 해 나이가 들어가면서 참 행복이 정녕 어떤 건지를 알겠더라고요. 물론 사람들마다 행복을 가름하는 나름의 기준은 각기 다르겠지만 단순하리만치 불행이 아니라면 그것이 곧 행복일 수도 있습니다. 보니까 그런 행복일수록 작디작은 것들이고 그런 작은 행복들을 어떻게 받아들이느냐에 따라 소위 행복하다는 수준이 매겨지는 게 보통의 세상살이라 생각합니다.

모르겠어요.

제가 가진 것도 별로 없고, 뇌성마비 몸으로 살아서 그런지 산전수전 다 겪은 분들의 그 살벌한 세상에서 열정적으로 사는 모습들을 속속들이 모르고 책상 앞에 앉아 이런 팔자 좋은 소리를 하는 건지도 모르겠습니다만 사람

산다는 게 특출 난 인생이 아닌 이상 순간순간 닥치는 현실을 받아들이고 살아내는 게 보통 사람들의 인생이고 보면 타고난 천성에 따라서 행복하다는 것과 그렇지 못하다는 것이 판가름 난다고 봅니다. 그렇죠. 받아들이는 마음에 따라서요.

그런 말이 있습니다, 확실히 맞는 말인지는 모르는데 세 잎짜리 클로버 꽃말이 행복이고 네 잎짜리는 행운이라는 말이 있습니다. 대개 사람 살아가는 모습들을 보면 지천으로 깔려있는 클로버 풀밭에서 귀한 네 잎 클로버를 찾는 사람들이 많지요. 세 잎짜리 클로버들을 마구 밟아버리면서요. 근데 그 주위에 보면 간혹 노란 민들레가 피어있는데 걔가 정말로 꽃말이 '행복'이랍니다.

그걸 이 글을 쓰면서 알았으니 이제부턴 길을 가다가 노란 민들레가 보이면 환한 미소로 인사를 건네야겠어요.

오늘은 봄비가 부슬부슬 내리는 대모산 둘레 길을 돌아오는 길에 화원에 들러 빨간 장미 한 송이와 프리지아 한 묶음을 사 들고 왔습니다.

그리고 처박아 놓은 꽃병을 꺼내 꽂아놓았더니 집 분위기가 한결 밝아졌는데 그동안 서랍장 한 구석에 방치돼있던 꽃병이 모처럼 제구실을 시작하는 것 같아 제 기분도 좋아지는 날입니다.

한해가 훨씬 넘는 동안 난데없는 코로나 때문에 온 지구촌의 사람들뿐만 아니라 저희 집 성모상마저도 지쳐 보였었는데 그 몇천 원짜리 행복이 얼마나 커다란 행복인지를 체험한 겁니다.

사실 그런 소소한 행복거리들은 그동안 아예 몰랐었던 것도 아니고, 전에도 자주 했었던 행동이었으나 언젠가부터 잊고 지냈던 거죠. 그러고 보면 주위에 널려있는 생활 속 작고 소중한 행복은 그것 말고도 많을 건데 그 쉬운 것들이 왜 그리도 기억 저편으로 밀려나 있었을까요.

전에는 당연한 일상으로만 생각된 일들이 요즘 이렇게 하나하나 제약받는 일상 속에서 다른 한편으로는 그동안 긴가민가 무감각했던 작은 행복을 소중히 돌아볼 기회가 되었음에 감사한 일입니다.

그런 걸 무디어진 행복이라 해도 될까 봐요.

무디어진 행복이란 그것이 행복인데도 행복인 줄 모르는 안일한 생각에서 비롯된 일종의 오만함이 아닐는지요.

그런 오만함이 내 정신 안에서 그대로 도태되어 소멸해버렸다면 여생이 정말 불쌍할 뻔했는데 다행히도 알게 되어서 참 감사하답니다.

외모로 사람됨을 판단하는 많은 사람들은 제 외모만 보고 뇌성마비로 힘들게 살았을 거라 생각할 테지만 저는 그다지 힘들지 않게 살았습니다. 인간은 누구나 외모보다 더 중요한 게 내적인 거에 의해 사는 거라 믿고 있기 때문에 행복이라는 것도 마음먹기에 따라 정해지는 거라고 생각합니다.

물론 저를 바라보는 세상의 삐딱한 시선들도 무시할 수만은 없었지만, 그때마다 그런 동정과 동시에 경멸어린 눈들은 보다 차원이 높은 행복으로 바꿀 수 있는 혜안이 되었으니 도리어 그분들께 감사해야겠죠.

삶이란 수없이 반복되는 고난과 실패 속에서 강하게 연단되는 거라는 건 나이가 들면 누구나 아는 법이죠. 눈물 젖은 빵을 먹어본 사람만이 인생을 제대로 사는 사람들이니까 말입니다.

하지만 사실 장애가 있는 몸으로 산다는 건 이른 나이에도 육체적인 아픔이 늘 동반될 수밖에 없습니다. 일반 정상인들도 노년으로 접어드는 나이라면 누구나 다 아프기 시작하지만 저는 정상인들과 비교할 때 신체적인 나이는 20년 정도 더 먹고 들어가는 몸인데, 지금 저의 상태는 노화가 심하게 진행되어있는 몸이지만 그나마 거동을 못 할 정도는 아니라서 그것만으로도 충분히 웃으며 살아갈 수 있습니다.

앞으로도 더 많은 데가 고장이 나고 또 많이 아플 테지만 섭생이라는 말처럼 몸을 잘 다스려서 나머지 인생 곱게 살아가는 게 나머지 생의 과업인데 몸이야 그렇게 늙어가는 걸 어쩔 수 없다 할지라도 마음이야 어디 그런가요.

몸 따라가는 게 마음이라지만 마음은 몸과 달라서 세월이 가도 늙지 않을 수 있습니다.

행복이란 바로 그 마음 안에서 싹이 트고 열매를 맺는 거 아니겠습니까.

어제 꽂아 놓은 꽃병 속의 프리지아와 장미는 금방 시들 테지만 마음속에 심어 놓은 노란 민들레는 늘 그 자리에 피어있을 거예요.

그거야말로 눈에 보이는 것과 보이지 않는 것과의 차이가 드러나는 장면입니다. 사람들이 추구하는 갖가지 행복의 척도라는 것도 그런 것이 아닐까요?

9회 말 투아웃

누군가 나를 보고 요즘은 왜 늙어가는 얘기만 쓰냐고 한다. 아닌 게 아니라 실제로 내가 늙어가는 중이니 그런 글이 써지는가 보다 했더니, 맨날 그런 글이나 쓰고 앉아있으니 더 늙어 보이는 것이고 글이라도 좀 노인 티가 나지 않게 쓸 수 없냐며 싫지 않은 농담을 한다.

그도 그럴 것이 요즘 추세로 볼 땐 늙었다고 표현하기엔 좀 이른 나이이지만 한편으로는 또 이렇게 늙어가는 것인가 보다 하는 생각이 들 때도 많은데 태어날 때부터 뇌성마비장애의 몸이라서 더욱 그럴 수밖에 없는가 보다. 하긴 세월이 가는데 안 늙을 사람이 누가 있을까마는 또래의 친구들보단 많이 늙어있는 몸인 건 사실이다.

게다가 얼마 전 경추 재수술을 하는 바람에 외모로는 몇 년은 더 늙어 보이는 건 당연한데 더욱이 외모뿐만 아니라 움직거리는 거동 면에서도 더 힘들어졌다. 아닌 게 아니라 얼마 전서부터는 조심한다고 해도 툭하면 넘어지고 또 한 번씩 넘어져 다치면 이젠 잘 낫지도 않는다.

그러니 하루하루 더 빠르게 늙어질 수밖에 없는가보다. 아무리 마음은 그게 아니라 할지라도 몸이 그러하면 정신도 당연 따라간다.

이것이 지금 나의 본 모습이다. 그리고 요즘 나에게 주어지는 하루하루가 부쩍 짧아졌음을 느끼는데 60킬로가 약간 넘는 속도가 이렇게 빠른 속도인 줄 몰랐다. 매일 이렇게 하루는 금세 지나버리고 또 다른 하루가 내 앞으로 주어졌다. 그리고 나는 여전히 이 나이에도 중심을 못 잡는 내 모습에 불만이 있다.

그 중심이란 것은 내가 세상에 태어날 때부터 어쩌지 못하는 장애의 일부이지만 그것 말고도 내적인 부분의 것 그 중심을 컨트롤할 수 없음도 포함된다. 사실 외적인 중심보다 내적인 부분의 것에 어떨 땐 더 휘청거릴 지경이다. 그 어떤 때란 사람들 앞에서 나댈 때이다. 아무리 몸은 이렇다 해도 사회생활을 하다 보면 나대고 싶지 않아도 그 무언가에 채여서라도 꼭 나대야 될 때도 있는 것이다. 그런데 나도 모르게 한참 나댈 때 보면 거의 모든 부분에서 나의 허점들이 돌발한다. 그 같은 나의 허점을 제대로 파악도 못한 채 분위기에 휩쓸리다 보면 애초에 가졌던 좋았던 마음가짐을 망각해버리고 그때가 바로 나의 중심이 흐트러지는 때이다.

장애의 모습으로 태어나 그 몸으로 늙어가는 게 당연한 일이지만 늙어갈수록 자꾸 초라해져만 가는 나 자신을 부인할 순 없다. 그나마 젊었을 때는 몸놀림이라도 빠른 편이라 봐줄 만했었는데 지금은 몸까지 늙어 더더욱 그런 마음을 떨쳐내기가 힘들지만 아무렴 어떠랴? 세월을 되돌릴 수 없으니 말이다. 세상 사람들도 다 그렇게 살아가고 또 늙어 가는 것이 아닌가. 늙는 것도 서러운데 간혹이라도 욕이나 안 먹으면 다행이지.

하긴 뭐니 뭐니 해도 남은 인생 나답게 늙어가는 게 중요하다. 내가 나를 바라보는 것만큼 남들이 나를 보는 눈높이에도 나의 품행을 맞추는 것 또한 나의 늙음을 인정하고 그 인정하는 눈으로 세상을 바라봐야 한다.

우린 늙어가는 것이 아니라 익어가는 것이라 했으니 그것이 지금의 나다운 모습으로 잘 익어가고 있는 것일 게다.

중증장애의 몸으로 태어나 이 나이까지 살고 있지만 과연 한 인간으로서 잘 늙어가고 있는 것일까? 그 물음에는 남이 나를 판단하는 경우도 있겠고, 또 내가 나를 분석해 볼 수 있는 물음이나 내가 나를 돌아보는 것이 정확할 것인즉 한평생 살면서 뚜렷이 자랑 될 만한 그런 일은 없지만 그저 남한테 피해 안 입히고 살았다는 것만도 그나마 잘 살아온 게 아닌가 한다.

살면서 얼마만큼 행복을 느끼면서 살았고 또 살면서 사람들에게 어떤 말을 들으면서 살았으며 그리고 살면서 이 세상에 조금이라도 보탬이 되며 살았는가. 이것이 삶의 최고의 가치임을 안다.

세상과 나와의 기나긴 대결에서 어쩌면 이제 9회 말 투아웃에 다다른 인생일지도 모르지만 아직 게임은 끝나지 않았다.

수비에서건 공격에서건 끝까지 최선을 다해야 하고 물론 이기는 경기라면 좋겠지만 져도 후회는 없다. 나로선 있는 힘껏 최선을 다하고 있기 때문에 정작 끝나고 나서는 아무래도 좋다.

하지만 이제 무슨 힘으로 나 아닌 세계와 맞설 수 있나? 차라리 저 광활한 우주와 결투하는 거라면 조금 나을 건데, 세상과의 싸움이라 사실은 이 몸으로는 버거우니 조금은 비켜서서 바라다봐야 하지.

무엇보다도 그 눈으로 나를 재발견해서 이 경기를 이길 수 있도록 정신 차려야 하지.

나의 한강

오늘따라 출퇴근 시간도 아닌 한낮인데도 지하철엔 사람들이 많다. 의자에 앉아 묵묵히 눈을 감고 있는 사람들, 둘이 나란히 앉아 내내 싱그러운 미소로 재잘거리는 사람들도 간혹 보이지만 거의 대부분의 사람들은 귀에다 이어폰을 꼽고 무표정으로 휴대폰을 들여다보고 있다.

나 또한 이 글을 쓴답시고 휴대폰에 머리 처박고 있는 사이 내려야 할 역을 이내 지나치고 말았다. 수시로 어느 역이라는 걸 확인하며 왔는데도 방금 전에 지나쳐 온 역이 환승역이었나 보다. 어쩐지 지나친 그 역에서 사람들이 엄청 내린다 했는데.

집에서 나올 때 강의시간에 맞춰 여유 있게 나왔으나 이제부턴 좀 서둘러야겠다. 다행히 가벼운 운동화 차림이라 발걸음이 그나마 가볍고 계단을 밟아 오르는 느낌마저도 괜찮다 싶다. 엊그제 축구훈련 때 볼 몇 번 찼던 것이 엔돌핀 효과를 낸 것일까? 평소 때 그리도 아팠던 허리까지도 마치 다 나은 것처럼 유연하다. 아마도 뒤에서 보는 사람들은 내가 뇌성마비 장애인이라는 걸 전혀 모를 정도인지도 모른다. 그렇게 계단을 빠르게 올라 반대편 승강장 쪽으로 내려왔다. 그 사이 한쪽 운동화 끈이 풀려져 있다. 주저앉아 묶는 시간이 아까워 그대로 뛰다시피 해서 반대편 플랫폼으로 내려갔으나 좀 전에 도착한 열차에서는 사람들이 엄청 많이 내렸고 막 문이 닫힐 찰나였다.

더도 말고 한 3년만 젊었어도 풀려진 운동화 끈이고 뭐고 냅다 치고 들어가 쇼트트랙선수처럼 발 한 쪽 쭉 들이밀었을 것을…….

아! 그러나 지금의 나는 환갑이 다 된 그리고 척추수술한 지도 얼마 지나지 않은 뇌성마비장애인이 아닌가? 뭐 그리 바쁘다고 굳이 빨리 가려 했던가!

조금 기다리면 또 다음 열차가 오는데. 덕분에 나는 이렇게 한산한 플랫폼 나무의자에 앉아 운동화 끈을 정성스레 매는 것을.

느긋하게 다음 열차를 가뿐한 마음으로 타고 시간을 보니 기껏 5분 정도 늦었는가 싶다. 환승 열차는 이내 오후 햇살에 반짝이는 한강을 지나며 창밖에 유유히 흐르는 강물을 한번 바라보라고 내 마음에다 속삭인다. 아니나 다를까. 잘 찍은 동영상을 보듯 윤슬이 반짝이는 강물을 보니 아까 잠시 급했던 마음이 한편으로 위로를 받는 느낌이다. 멀리 남산의 서울타워도 보이고 또 고개를 반대로 돌려보니 아시아에서 가장 높다는 잠실의 롯데빌딩이 우뚝 솟아 있는 모습도 보인다.

한강! 과연 우리나라 최고의 자랑임에는 틀림이 없다. 옛날 고구려 신라 백제 삼국이 이 한강 유역의 땅을 서로 차지하려고 피터지게 싸운 역사가 말해주듯이 나일 강이나 황하, 미시시피 등 학창시절 지리시간에 배웠던 그런 유명한 강들은 못 가봐서 몰라도 우리나라의 한강이 그렇게 얼마만큼 중요한 지역이고 또 대대손손 그 땅을 바라보는 사람들의 마음속 찌든 때를 씻겨주는 곳이라는 걸 아는 사람들은 알 것이다.

요즘엔 그 다리 위를 전철로 그 강을 건너는 시각은 그리 길지도 않고 짧지도 않다. 그 시각은 사람에 따라 억겁

일 수도 있고 반대로 일각일 수도 있다. 달리는 열차 위에서 흐르는 잔물결 하나하나 내려다보면 먼 고향 어린 친구들도 생각나고 또 마지막 세상의 모습도 그려지고 그래서 한강을 건널 때마다 나는 물결처럼 흐르는 행복을 느낀다.

그 한강을 건너는 사이 행운인지 불운인지 빈자리가 주루룩 나타났다. 행운은 분명 공짜로 온 듯한 안락함이고 불운은 나에게만 해당되는 일일까?

그러나 몇 달 전 수술을 한 이후로 한 번 앉았다가 일어서려면 허리가 많이 아픈 몸이라 이렇게 전철을 타도 앉아있기가 꺼려지는 나만의 고통이다. 이른바 앉아있기가 그리 편한 것만은 아니라는 얘기인데 허리뼈가 눌리는 통증 때문이다. 그런데 이런 나의 속사정을 모르는 사람들은 나의 외모만을 보고 안쓰러운 표정을 지으며 자꾸 앉으라고 권하는 까닭에 어떤 때는 그런 선의의 배려라도 정말 싫을 때도 있다. 하는 수 없이 됐다는 표정과 몸짓에 더 많은 사람들이 쳐다보는 것도 그렇거니와 그 이후 망가져 버린 나의 심리상태도 내 마음엔 전혀 들지 않는다. 암튼 그렇게 선 채로 목적지에 닿았다.

꿈결 같은 인문학 강의를 듣고 저녁 시간이 되어 같은 클래스 수강생들과 약속했던 술 한잔을 하다 보니 역시 금세 밤 열한 시가 넘어갔다. 혹시나 전철이 끊어질까 봐 서둘러 일어나 비틀비틀 조심조심 지하철 계단을 밟았다. 젠장, 한 발 헛디뎌 계단에서 구르면 최하가 사망일 수도 있어서 아까 낮보다 발걸음을 사뿐사뿐 옮길 수밖에 없는 지라 술에 조금 취한 발걸음은 속도가 나지 않는다. 그런 술은 왜 마셨을까? 정말이지 적당히 마신다 해도 분위기에 휩쓸리다 보면 주거니 받거니 오버하기 마련이다. 아무리 생각해도 술 마시는 자체를 좋아해 마신 건 아니고 그저 분위기에 휩쓸려 마신 것뿐인데, 지나고 나면 아무것도 아닌 그저 그런 분위기지만 오늘 분위기는 그런대로 괜찮았다고 생각될 것이다. 무엇보다 내가 한 인간으로서 나를 조금밖에 모르는 사람들에게 평범한 동료의 대우와 존중을 받았기에 괜찮았다. 살면서 얼마나 그리웠던 장면들인가! 그래서 괜찮았다고 한 것이다. 그렇게 나의 한강을 건너면 난 항상 행복하다.

시간을 보니 어느새 자정이 가까워져 오고 있다. 어쩌면 아까 낮에 내릴 역을 깜박 잊고 그냥 지나친 것처럼 그런 일이 또 벌어질지도 모른다. 하지만 이 열차가 막차인지도 모른다.

전동차는 이내 아까 낮에 지나온, 지금은 밤하늘 밑의 한강을 지나고 달리는 열차의 창밖으로 보이는 한강의 야경! 오늘따라 선상 카페의 불빛들이 더욱 휘황찬란하다. 그러고 보니 곧 환승역이다. 계단이 엄청 많은 그 역, 이제부턴 난간을 붙잡고 조심조심 걸어내려갈 수밖에 없다. 겨우 환승 플랫폼에 다다라 역시 거의 막차인 듯한 환승열차를 탔다. 지금 전철 안에는 거의 젊은이들이 타고 있는데 역시나 다들 나처럼 이렇게 휴대폰에 눈길을 주고 있다. 뭘 저렇게 열심히 들여다보고 있을까? 나름 중요한 것들을 찾아보고 있겠지.

어느덧 목적지에 도착했다! 허리도 끊어질 듯 아프고 또 아까 낮에처럼 지나쳐 버릴 수도 있으니 조금 먼저 일어나야겠다.

면앙(俛仰)

우리 집은 13층, 요즘 미세먼지 때문에 온통 흐릿한 날이 많지만, 맑은 날 베란다에서 바라보는 창밖 풍경은 세상 그 어느 멋진 곳과도 견줄 만한, 그런 축복받은 곳에서 살고 있다.

서울 근교에서는 비교적 높은 산에 속하는 청계산과 또 그 산등성이로 이어지는 구룡산과 대모산이 마치 어느 대감 댁 병풍처럼 둘러쳐져 있고, 그 한쪽으로는 삼천갑자 동방삭이 숯으로 빨래를 했다는 탄천(炭川)이 유유히 흐르는 그야말로 만점짜리 경치를 한 눈으로 다 볼 수 있는 그런 곳이다. 이른바 보는 것만으로도 삶의 큰 즐거움인 말 그대로 면앙(俛仰)의 지형(地形)이 아닐 수 없다.

‘면앙’이란 말은 땅을 내려다보고 하늘을 우러러 본다는 뜻이라 하는데 옛날 선비들이 늘그막에 초야에 묻혀 강호시가를 짓고 읊으며 삶의 또 다른 행복을 찾는 때 그때를 비유하여 쓰는 말이라 한다. 그리고 학창시절 가사문학의 시험문제에 항상 등장하는 송순의 면앙정가의 그 면앙이다.

실제 송순은 일흔이 넘은 나이에 고향으로 내려가 정자 하나 짓고 그곳에서 지나온 삶을 돌아보고 자연을 예찬하며 글벗들과 후학을 양성했다고 한다. 지금은 그 정자가 문화재로 지정되어 관리를 받는다지만 당시 노(老)선비가 그 정자를 지을 당시는 비나 겨우 피할 정도의 허름한 정자를 짓고 시가를 읊었다 하니 대사헌 벼슬을 지낸 고관이었을지라도 인성적으로 얼마나 청빈한 사람이었나 하는 것이 보지 않아도 알 수 있는 대목이다.

조선 중기 문신인 송순의 호이기도 한 면앙, 즉 땅을 내려다본다는 말은 지나온 삶을 되돌아보며 또 앞으로의 남은 생의 삶을 사색한다는 것이고, 또 하늘을 우러러본다는 말은 이제 곧 다가올 자신의 죽음을 어떻게 맞이할 것인가를 자연을 통해 배운다는 뜻일 것이다. 옛사람들은 그렇게 자연과 더불어 삶의 근본과 가치를 찾으려 했고, 늘그막의 송순 또한 자연 그대로 왔다가 자연 그대로 가는 삶! 그런 삶이야말로 가장 이상적인 삶이라고 그 면앙정에서 생각했을 것이다.

문득 전남 담양에 있는 면앙정에 가보고 싶다. 날이 갈수록 건강이 안 좋아 힘이야 들겠지만 마음 한번 다잡아 랜트카라도 빌려서 말이다.

그 언덕배기에 다다라 지팡이를 짚고서라도 천천히 올라가 정자 한쪽에 기대어 그 옛날 그 노 선비의 마음으로 하늘을 우러러보고 또 땅을 내려다보면 아~ 어떤 기분일까!

이런 생각을 하고 있는 지금, 나에 관한 모든 것이 소중하다. 그저 뇌성마비장애로 태어나 이제껏 내가 살아 온 모든 삶과 또 앞으로 살아갈 날들이 마냥 감사할 따름이다, 왜냐하면 지금까지 살아왔었던 것처럼 앞으로도 주어지는 대로 살아갈 테니 말이다. 솔직히 일반 정상인들처럼 평생을 내가 피땀 흘리고 노력해서 밥 벌어먹은 적은 얼마 되지 않지만, 그런 피 튀기는 삶이 아닌 것만도 고마운 일이다.

언젠가부터 내가 사용하는 모든 것들을 죄다 작디작은 물건들로 바꾸기 시작했는데 그런 습관은 그야말로 내게 딱 어울리는 탁월한 선택이었다. 사실 지금의 생활이 그렇게까지 풍족한 생활은 못되지만 그렇다고 가난한 생활도 아니다. 여전히 알뜰한 작은 체구의 아내와 제 앞가림하고 사는 아들과 또 적당히 작은 집이며 온갖 스몰 크기의 살림살이, 심지어 강아지까지 전부 다 작디작은 것들뿐인데 그래도 그 모든 것들이 내게 딱 맞는 것들이라는 생각이다.

하기사 이젠 되레 차지하고 있는 것마저도 다 버려야 할 나이이다. 그래도 나는 아직도 많은 쓸데없는 것들을 붙잡고 있다는 걸 알고 있으나 막상 또 그것들을 아낌없이 내려놓는다는 것도 사실은 힘든 일이다. 삶이란 그렇게 끝까지 힘든 여정인가 보다. 이제 얼마 지나지 않아 그날이 오면 여지없이 손에 힘이 다 빠져나가 천 원짜리 한 장 쥘 수도 없을 텐데 말이다.

이 다음에 그날이 오면 아까울 거 하나 없는 삶이 가장 나다운 삶이라는 것을 몸이 아프면서부터 알았다. 사실 세상에 태어날 때부터 장애는 있었지만 몸이 아프기 시작할 때쯤은 마흔 중반 무렵이었고 그때부터 통증으로 살아야만 했었는데 그래서 더더욱 부자가 되고 싶다거나 더 잘 살아야겠다는 욕심이 식어버렸는지도 모른다. 그렇다고 매사에 의욕도 없는 것은 아니고 더군다나 염세주의에 빠져있는 그런 사람은 아니다. 나는 여전히 무엇을 하든지 간에 행복을 추구하기 때문에 항상 희망을 아는 사람이라 해도 좋다.

정말로 변덕이 죽 끓듯이 꽃샘바람이 불어대는데 어디선가 날아든 이름 모를 새 한 마리 탄천으로 날아간다. 그 광경을 보면서 나의 젊은 시절을 떠 올린다. 바로 송순 할아버지가 그 언덕배기에서 아래를 내려다보던 심정으로….

모란동백

세상은 바람 불고 고달파라.

나 어느 변방에 떠돌다 떠돌다 어느 나무 그늘에 고요히 고요히 잠든다 해도….

그런 노래가 있습니다. 돌고 도는 인생사의 허무함을 노래한 곡인데 정말 인생이 허무한 것일까요? 살다 보면 그렇게 생각될 때가 있다는 것이지 그렇게까지 전부가 다 허무한 건 아니겠지요.

사실 인생의 허무함은 젊어서는 잘 모릅니다. 아직은 좋은 것만이 많이 보일 만큼 그만큼의 연륜이 짧아서일 겁니다. 이런 생각은 저 한 사람의 생각일지는 몰라도 살아보니 인생이란 얼마만큼 많은 순간순간을 어떻게 대처하고 반응하느냐가 진정한 삶의 가치라고 생각하며 이 글을 씁니다.

다람쥐 쳇바퀴 돌리는 듯한 희로애락 속에서 뒤 돌아 회상해보면 뭐 그리 대단할 것도 없는 인생이지만, 그래도 살면서 기뻤던 순간, 또 살맛 나는 순간들이 많았으면 바로 그 순간순간들이 제가 살아가는 원동력으로 작용했음을 부인할 순 없습니다.

저는 그런 것 같아요. 누구보다도 작은 행복들이 많은 사람이었지요. 물론 어려서부터 늘 긍정적인 사고방식의 프레임을 갖추고 살았고, 몸은 뇌성마비 장애일지라도 축구를 하면서 인생에서 가장 큰 행복을 알았습니다. 또한 늙어가면서 몸이 많이 안 좋은 상태에서도 이렇게 글을 쓸 수 있으니 이런 행복은 세상에서 가장 가치 있을 거라고 스스로 위안을 삼습니다. 행복은 어느 곳에든 널려있고 그걸 찾아서 갖고 노는 사람이 임자이지요. 남의 꺼 주워왔다고 경찰에 신고할 필요도 없습니다.

어제 우리 집 사람 쉰두 번째 생일이었습니다. (네.. 저는 예순 둘인데 그러고 보면 저 참, 도둑놈 맞아요.) 어제 아침, 밥을 먹고 있는데 아들이 잠에서 깨자마자 주방 싱크대에서 고기를 볶고 미역국을 끓이더라고요. 오늘 엄마 생일이라는 거 알고 있냐니까 알고 있었다는 거예요. 어쩐지~ 일어나보니 커다란 그릇 안에 미역이 물에 불고 있더라고요. 혹시 애 엄마가 자기 생일이라고 미역국을 끓이려나 보다 했는데 아들이 지난밤에 소고기랑 미역이랑 사다가 준비해놓은 거였죠.

미역국을 턱하니 끓여 놓고 출근하는 아들이 내내 듬직하더라고요. 우리 집에서는 아침을 악착같이 챙겨먹는 사람은 저밖에 없거든요. 아들이 정성껏 끓여 놓은 미역국을 조금 떠 먹어볼까 했는데 저는 미역국을 안 좋아해서 그리고 주인공이 먼저 먹어야 되잖아요.

그리고 저도 한 가지 준비했죠.

무슨 선물… 같은 걸 준비하면 보나마나 한 마디 들어야 하니까 몇 년 전부터는 아예 현금으로 주죠. 현금으로 선물하면 그놈의 잔소리가 없어서 좋더라고요. 제 특기를 발휘해서 몇 자의 글과 함께 볼품없이 줬는데도 애기처럼 좋아하는 집사람이었습니다.

사실 얼마 전에 인천 무슨 무슨 공모전에 글을 하나 출품했는데 그게 또 가작으로나마 당선이 되어 꽁돈 20만 원이 생겼답니다. 그래서 그 돈 반 뚝 떼어서 생일 선물로 하고 나머지는 렌터카나 빌려가지고 훌쩍 떠나볼까 합니다.

이런 게 아주 작은 행복이요 삶의 진정한 아름다움이 아닐는지요.

우리 애는 자기 직장에서 요리를 하고, 저는 이렇게 아무데서나 생각나는 대로 끄적끄적 씁니다. 우리 집사람은 말 그대로 주부 9단이고요. 요리를 전공했는데 요리를 안 하는 사람들이 얼마나 많습니까? 글쓰기를 전공했는데 글 한 줄 안 쓰는 사람들은 또 얼마나 많고요. 주부라 하면서 걸레질 한번 안 하는 주부들도 많을 거예요. 우리 식구 셋 다 그리 건강치 못한 사람들이나 각자 인생에 모나지 않게 살아갑니다. 산다는 건 이렇게 순간순간을 잘 받아들이면서 둥굴 둥굴 살아가는 게 세상의 그 어떤 행복보다 훨씬 가치 있는 행복이라는 걸 알지요.

그리고 때 되어 나를 만든 조물주가 부르는 날에 비로소 모든 것 내려놓고 가면 그만입니다.

어제는 억수같이 비가 쏟아지더니 오늘은 뭉게구름이 평화롭게 떠갑니다.

네~ 똑같은 하늘에서요.

똑같은 하늘 밑에서는 지금도 갖가지 일들이 벌어지고 있습니다.

어제는 비, 오늘은 맑음, 내일은 어떨까요.

세월은 이렇게 쉼 없이 흐르고, 흘러간 시간은 다시 오지 않겠지요.

세상은 바람 불고 덧없어라

나 어느 바다에 떠돌다 떠돌다 어느 모래뻘에 외 로이 외로이 잠든다 해도….

오랜만에 베란다 구석에 처박혀있는 기타를 꺼내 쳐 보고 싶은데, 이젠 양손이 다 아파서 기타도 칠 수 없네요.

노 시인

서울 강북에 있는 북한산 밑에서 그 老 詩人을 만났다.

우리나라 근대 시단의 한 축을 이어 오신 분이라는데 국문학을 공부했다 하여도 도통 처음 들어 보는 이름이다. 기억을 더듬어 근현대시론에서 한 번쯤은 보았음직도 한 '그리운 바다 성산포'의 이생진 선생이시다. 1929년생이니까 지금 연세가 아흔이 넘으신 선생은 언뜻 보기에도 꼿꼿이 서 있는 장송과도 같은 분위기를 자아내고 있었다. 무릇 사람들에게 통용되는 곱게 늙는 방식을 터득했다고나 할까? 가까이서 본 선생은 비록 흰 마스크는 썼지만 고령임에도 전혀 흐트러짐이 없는 모습이었다.

그분을 어떻게 만나게 되었냐면 내 취미 모임인 글 쓰는 모임에서 서울 방학동에 있는 김수용 시인 문학관을 견학

갔는데 지도교수인 양재일 선생님이 그 노 시인이 근처에 사신다며 한번 뵙고 인사나 드린다는 게 우리들과도 만남이 주선된 것이다. 우리 선생님의 학창시절 은사였는가 보았다.

언젠가 수업시간에 그 시인의 시 한 편을 들은 기억이 난다. 치매 걸린 늙은 아내를 간호하면서 쓴 시인데, 내용이 슬프고(그리 슬픈 시는 생전 처음이었을 것) 그리고 언젠가는 꼭 다가올 나의 이야기일 것 같아 그 이후 퍼뜩 퍼뜩 생각나는 시이다. 바로 그 노 시인의 10여 년 전 시인가 보다.

'아내와 나 사이

이생진

아내는 76이고
나는 80입니다

지금은
아침저녁으로 어깨를 나란히 하고 걸어가지만
속으로 다투기도 많이

다툰 사이입니다

요즈음은 망각을 경쟁하듯 합니다

나는
창문을 열러 갔다가
창문 앞에 우두커니 서 있고

아내는 냉장고 문을 열고서
우두커니 서 있습니다

누구 기억이 일찍 돌아오나
기다리는 것입니다

그러나
기억은 서서히
우리들을 떠나고

마지막에는
내가
그의 남편인 줄 모르고

그가
내 아내인 줄 모르는 날도
올 것입니다

서로 모르는 사이가
서로 알아가며 살다가
다시
모르는 사이로 돌아가는 세월

그것을 무어라 하겠습니까
인생?
철학?
종교?

우린 너무 먼 데서 살았습니다'

그분의 아내는 말년에 치매로 고생하다가 세상을 떠났다는데 이 시인분이 간호를 다 하셨단다.

두 분 다 얼마나 힘드셨을까?

아마도 그분은 그렇게 힘든 나날들을 시를 쓰면서 나름 견뎌냈을 것이었다. 인간의 삶이란 이토록 잔인한 것이고 그리고 그것을 이겨내는 무언가를 깨닫게 해준 게 정녕 그분의 시였을 것이다.

나도 또한 이래 사나 저래 사나 삶이 어렵긴 마찬가지이지만 남이 쓴 시를 통해 또 내가 쓰는 글을 통해 나 자신을 다시 발견하고 또 그 깨달음을 통해 어울렁 더울렁 살아감을 배운다.

그분의 삶은 과연 어땠을까를 생각해 본다. 왜 시를 쓸까? 시처럼 살아왔을까?

문학이 죽고 인생이 죽고 사랑의 진리마저 애증의 그림자를 버릴 때! 그렇게 살아왔을까?

사람들은 다들 지금의 그 모습으로 살아간다.

나도 지금의 내 모습으로 살아가는 중이다.

혹은 주어진 대로 그냥 사는 거지 뭐 그렇게 시인처럼 철학자처럼 살아가려 애 쓰냐고 하는 사람들도 있다.

하지만 난 그렇게 산 적은 없다. 단지 살아오는 동안 그렇게 배워왔기 때문에 그 삶을 읽고 보고 쓰면서 삶을 되돌아볼 뿐이지 모르는 사람들이 생각하는 것처럼, 그리고 마음이 아픈 사람처럼 그렇게 획일화된 삶은 살진 않았다. 이젠 몸이 안 좋아서 그렇게 특별한 삶을 살려 해도 못 산다.

어제 새로운 시인 한 사람을 우연히 뵙게 되서 행복한 하루였다. 그 노 시인을 검색하다가 이 시도 발견했다. 은근히 공감되는 시다!

'살아 있다는 거

아내는 가고 돌아오지 않지만
나는 살아서 친구와 전화할 수 있어 좋다
카톡을 할 수 있어 좋다
농담을 할 수 있어 좋다
살아 있다는 거
그게 죽어 있는 것보다 낫다
아내는 날 생각하고 있을까
이런 생각을 하며
죽은 아내를 그리워한다
나 혼자만 살아서 미안하다는 생각도 한다
자꾸 유치한 생각만 한다'

우이령 오르는 길은 온통 짙은 가을 색으로 채색되었다. 그 너머 우뚝우뚝 솟아있는 삼각산의 우람한 바위들은 어릴 적 가끔 오르내리던 봉우리들인데 이 나이에 쳐다보는 것만으로도 아찔했지만 한편으론 어릴 때처럼 흥에 겹다.

가을 길을 걸어가는 노 시인의 올곧은 뒷모습이 떠오른다.

치매가 오면

옆 동 K형님이 얼마 전부터 많이 이상해졌다. 나하고는 형님 아우하며 지낸 지가 벌써 20여 년에 가까운 이웃 사이이나 그다지 친하지는 않았어도 가끔씩 만나면 길 다방 커피 한잔 마시며 이런저런 살아가는 정담을 나누던 사이였다. 그러나 요즘은 전보다 부쩍 몸의 균형이 많이 망가진 듯 계속해서 위태롭게 흔들거린다. 몇 년 전까지도 트럭 운전기사 노릇을 했다는데 지금은 용돈 마련이라도 하겠다며 주민 센터 '노인 일자리' 일을 하는 일흔도 안 된 初老다.

며칠 전 오랜만에 우연히 만났는데 그새 건강이 더욱 안 좋아진 것 같다. 그냥 가만히 서 있는데도 몸을 똑바로 가누지 못하고 마구 흔들흔들 거린다. 그 모습은 나와 같은 뇌성마비들이 중심을 못 잡고 흔들어대는 모습과는 사뭇 다른 모습인데 사실 2,3년 전에 알츠하이머 진단을 받았다고 했다.

게다가 귀도 거의 다 먹고 당뇨 혈압이며 무릎관절염에 이젠 치매 끼까지 점점 심해지는지, 도대체가 간단한 소통마저도 어렵다. 얼마 전서부터는 툭하면 내게 전화를 해대는 것이다. 그만큼 내가 편해서 그런지 모르는데 그러나 나는 그 전화를 받을 수가 없다. 받더라도 말귀를 전혀 못 알아들으니 서로에게 답답하고 피곤할 뿐.

어쩌다 한 자리에 있을 때도 내 말을 잘 알아듣는 사람이 옆에서 통역을 해줘야지만 어느 정도 소통이 될 정도이다. 아들까지 둘이나 있다는데 같이 사는 마흔 넘은 아들놈은 집에서 빈둥대며 아버지가 사다 놓은 간식 같은 것도 말도 없이 다 먹어버린다는, 한마디로 버르장머리 없는 아들이란다.

그런 저런 얘기들을 전해 들으면서 마음이 무거워지는 걸 어쩔 수 없었다. 그런 이야기들이 전혀 남 얘기가 아닐 거라는 생각이 드는 건 나 또한 얼마든지 그와 같은 현실에 맞닥뜨릴 예상을 해야 하고 또한 각오를 다져가며 살 일이기 때문이다.

정말이지 이 한 많은 세상살이 하루에도 몇 번씩 죽고 싶을까? 마음 같아선 한순간에 깨끗하게 죽고 싶어도 얼마나 칡뿌리처럼 질기디 질긴 삶인가!

여하튼 늙는다는 건 지극히 서러운 일이다.

옛날 고려장이라는 게 있었다 한다. 부생아신 하고 모국오신 하여 금이야 옥이야 키워놨더니 부모님 늙어 아무 일도 할 수 없는 때 아들놈은 힘없는 아버지, 혹은 어머니를 지게에다 싣고 저기 먼 산속에다 내다버리고 왔단다. 그렇게 옛날 봉건시대 때의 고려장은 나 어릴 적 창경원이나 사람들 많은 시장 통에서도 자주 있었던 흔한 일이었다. 그렇게 희생되는 노인들은 상류층 집안의 노인들처럼 대부분 깨끗하고 단정하게 입힌 채로 사람 많은 곳에 버려졌었다. 잃어버린 가족인 양, 위장을 하기 위함이었다.

늙는다는 건 옛날이나 지금이나 거의 똑같다. 늙으면 판단력이 흐려져 같이 사는 젊은 식구들에겐 골칫거리 즉 옛날엔 노망이라 했고 지금은 치매라는 뭔가 한 단계 고상하게 와 닿는 의학적인 용어로 바뀌었을 뿐, 제 정신이 아닌 건 똑같다.

요즘에야 그런 노인들만의 요양병원들이 많이 생겨 그나마 다행스런 일이지만, 나 또한 이렇게 늙어가는 몸인 건 사실이다. 아무리 그 치매 끼를 예방하기 위하여 책을 읽고 글을 쓰고 나름대로의 대응책을 강구한다 해도 치매는 아무도 모르게 오는 표 나지 않는 병이다.

어깨 운동도 좀 할 겸 봄 향기 가득한 동네 공원 간이 운동장에 나왔다. 사월 말경인데도 며칠 동안 계속 찬바람이 분다. 요즘 철봉대에 운동용 고무줄을 묶어놓고 어깨 근력운동을 하는 시간이 부쩍 늘었다. 그러다 무료하면 이렇게 휴대폰 노트를 펴고 글을 쓴다. 그야말로 붓 가는 대로다.

봄꽃들은 하나같이 예쁘고 화려하지만 얼마 못 가 다 떨어진다. 아름다운 꽃일수록 더욱 그렇다. 만발한 봄꽃들이 시샘 가득한 봄바람에 우수수 떨어져 날릴 때 화무십일홍의 애절한 삶을 본다. 머리 위 홍 벚꽃은 그 얇디얇은 꽃잎들을 다 떨어트리고 초록 이파리들로 옷을 갈아입는다. 바닥에는 그 홍 벚꽃의 꽃 술대들이 어쩜 저리도 말라 비틀어져가는 시체들처럼 누워있는 걸까? 그래도 너네는 내년 봄을 기약할 수 있으니 행복하다.

나는 내년에도 지금처럼 이렇게 여기 이 자리에 나와 또 다른 삶을 이야기할는지. 아니면 어느 시골 요양원 바람벽을 보고 있을는지 모른다. 너희들의 일관된 생하고는 다른 거니까.

자꾸만 전화벨이 울린다.

오늘따라 바탕화면에 찍힌 그 형님의 이름이 그야말로 측은하게 보인다. 아무래도 한번 들여다봐야 할 것 같다.

늙는다는 건

어느 날 생각해보니 내가 이만큼 늙어져 있었습니다.
저도 모르게 말입니다.

늙는다는 것!
세상 사람들 그 누가 늙고 싶어 늙겠습니까.
아마도 하루빨리 죽고 싶은 사람은 있을지라도
하루빨리 늙어 꼬부라지고 싶은 사람은 세상 어디에도 없을 것입니다.
그러고 보니 시간만큼 사람들에게 골고루 공평한 것이 또 있을까요?
어제하고 똑같은 모습이 보이던 거울 속에서 난데없이 발견된 새치 하나!

그 아무것도 아닌 광경이 처음엔 그토록 믿기지 않는 센세이션으로 다가서지만 그렇게 한두 개씩 보이던 흰머리가 날이 갈수록 많아지면 그저 그러려니 해야 합니다. 생각 같아선 생기는 대로 다 뽑아버리고 싶지만 말입니다. 그러다 보면 얼굴의 주름도 그렇거니와 나아가서 온몸의 기능들도 갈수록 쇠하여지겠죠?

백세시대 백세시대라 해도 대부분의 사람들 그렇게 늙어갑니다.

평소 늙어간다는 것을 못 느끼면서 살았던 사람이 자신도 별수 없이 늙고 있다고 생각될 때는 벌써 자신의 몸이 고장 나기 시작한다는 사실을 알아차릴 때일 것입니다. 마치 여름날 무성했던 초록나뭇잎들이 계절이 바뀔 즈음이면 색이 바래지듯이 그리고 가지를 붙잡고 있는 힘도 점점 빠져나가듯이.

가지를 붙잡고 있는 힘!

저도 그렇게 무언가를 붙잡고 있는 힘이 점점 달린다는 것을, 세월을 살아온 만큼 분명 알고 있습니다.

저는 그동안 무엇을 잡고 있었을까요?

저는 아시는 분들은 아시겠지만 태어날 때부터 뇌성마비였습니다. 장애 정도가 심하다면 심했던 저는 어린 시절과 청년시절 등등 일반 정상인들과 별 다름없는 젊은 날들을 보냈고 주님의 은혜로 축구선수로 그리고 지도자로 근래까지 몸 담았었습니다.

그렇게 좋아했던 축구도 장애인계에서는 쭉 엘리트 코스를 밟았으나 장애로 인하여 남들보다 더 힘들었던 삶은 정상인들보다 빠르게 찾아 온 노화로 인하여 마흔이 넘으면서부터는 여기저기 아프기 시작했지요. 그리고 그동안 목이며 허리수술을 네 번 받고부터는 걷는 것도 힘이 들어 성당 나올 때는 전동 스쿠터를 탈 수밖에 없는 처지가 되었답니다.

가까운 거리는 그다지 힘들지 않지만, 집에서 성당까지 거리는 지금의 몸 상태로는 무리인데

한편으로는 환갑의 뇌성마비 장애인이 이나마 걸을 수 있다는 것만도 감사하게 생각해야죠.

젊을 땐 그리도 느리게만 느껴졌던 24시간이라는 개념도 나이가 들어서면 왜 그렇게 빠른 속도로 가는지 흔히 나이 숫자는 시간이라는 숫자와 비례한다는 세상의 이치

를 실감하게 합니다. 60킬로라는 속도가 운전할 때는 그다지 빠른 속도가 아니어도 나이를 말하는 60킬로의 속도는 굉장히 빠른 속도예요. 아닌가요?

솔직히 그 빠른 속도가 어쩔 땐 제 힘에 부치는데 사실 누구나 몸이 늙어지면 천천히 행동하고 천천히 걷게 됩니다. 천천히 행동하면 무엇보다 자기 자신의 경솔함과 경거망동을 경계할 수 있어 좋고 천천히 걸으면 그만큼 자연과 벗할 수 있어 좋은 거죠 뭐.

그리고 천천히 걷다 보면 돌 틈 사이를 비집고 나온 수풀들을 볼 수도 있고, 또 나뭇잎 사이로 불어대는 바람의 이야기들을 들으면서 세월의 친구인 흘러가는 구름까지도 구경할 수 있는데 빨리 가나 늦게 가나 어차피 가야 할 인생길, 전혀 서두를 필요 없다는 걸 알게 됩니다.

젊어서 운동할 때에는 그리 바쁘지 않았는데도 가령 눈앞에서 전동차를 그냥 보내지 아니했던 적도 많았으나 허리수술 몇 번 하고 나서는 승객이 조금이라도 많다 싶으면 그냥 보내고 다음 열차를 기다리는 여유가 생겼지요.

그런 일상이 반복되다 보니 기다리는 삶에 녹아듭니다.

몸은 늙어가도 그 원래의 타고난 성격은 좀처럼 바뀌지 않는 그런 사람들이 주위에 많습니다마는 그 정도만 바꿔도 흔히 곱게 늙어가는 길이겠지요.

어느 날 저는 제가 인생길을 가고 있는 이야기를 계단을 붙잡고 있는 내 삶의 그림자랑 얘기하고 있는 제 자신을 발견했습니다.
제가 지금 이 길을 가고 있는 이야기를, 그리고 지금 난간에 기대어 있는 까닭을 말하고 있는 저를 말입니다.
무엇보다 일용할 양식에 감사하며
주일날이 되면 가야할 곳이 있다는 것에도 감사하고,
그리고 뭐니뭐니해도 사랑하는 가족이 있다는 것도 감사한 까닭을 말입니다.
그 모든 감사를 기도할 수 있는 지금 이 순간을 살고 있다는 것 또한 감사한 따름입니다.

저는 어느 날 또 깨닫게 되었습니다.
늙는다는 것은 그동안 살아 온 세상이 그만큼 감사하다는 것을 깨달았습니다.
그리고 보니 제가 어렸을 적엔 외모가 불구인 경우는 전부들 놀림을 받았지요.

지금이야 장애인들에 대한 인식이 많이 개선되었다지만 6~70년대에는 정말이지 가관이었는데 지금 생각해보니 그때 그 놀림들은 조금이나마 성숙된 삶의 원동력이 되었음을 깨달았습니다.

옛날에 저를 놀렸던 사람들에게 오히려 고맙고 감사하다는 말씀을 올리고자 합니다.

그때 바보라고 놀려서 얼마나 고마운지 모른다고 우연이라도 만난다면 믹스커피 한 잔이나마 대접하고 싶습니다. 아! 우리 성당 자판기커피가 너무 싼가!

몇 가지 더 쓰고 싶은 이야기가 있는데 노인네가 너무 말이 많다고 할까봐 이만 맺을까 합니다.

한 갑자

옛날 같으면 증손 볼 나이인데 새삼스럽게 되돌아보니 정말 눈 깜짝할 새에 한 갑자나 흘러갔다. 꼬불꼬불 60리 길 돌고 돌아 마침내 여기까지 온 것이다. 원래 남들과는 달리 태어날 때부터 불구였던 몸은 비로소 그 오랜 세월 인생 풍파에 온통 주름투성이고 꾀죄죄한 괘종시계인 양 호흡마저 가쁘다.

그러고 보니 이 몸으로 참 오래도 살고 있다는 생각이다. 지금처럼 조금만 자세가 불안해도 숨 쉬는 것조차 힘이 들어 자세를 바로 하지 않으면 안 되는 몸으로 이 나이를 살고 있으니 얼마나 오래 산 것일까.

사실 이 나이까지 살아왔는데도 아직도 나의 삶은 난해

한 수학 문제 푸는 것 같이 어렵지만 어떻게 살아가는 것이 진정 이 세상에 온 의미를 알게 하는 삶인지 웬만큼은 알 수 있을 것 같다. 그 '웬만큼'이 과연 얼마만큼인지 가름할 기준은 없겠으나 내가 지금 이 글을 써 나갈 수 있을 만큼의 분량이면 나는 그동안 퍽 괜찮은 삶을 살아온 것만은 분명하다. 물론 그 가치 판단은 객관성이 중요한 포인트로 작용하는 것이라서 내가 이렇다 저렇다 단정 지을 수는 없는 것이지만.

하지만 괜찮다. 지금의 내 모습이 어떤 모습이어도 괜찮다. 알고 보면 오늘도 허망하게 저 세상으로 떠난 사람들도 많은데 그런 사람들보다는 얼마나 다행이고 당당한 모습인가.

그 사람들 그러고 싶어서 그렇게 갔는가?

스물아홉! 또 열다섯 나이에 교통사고로 세상을 떠난 이들은 자기들의 수명이 거기까지라는 걸 알고 살았을 리는 없었을 건데 그들은 그렇게 허무하게 세상을 떠났다. 내가 예순이 넘도록 살아있을 것을 모르고 살았듯이 그 망자들 또한 오늘이 이 세상에서의 마지막 날이었다는 것을 모르고 살았을 터, 인생이란 누구라도 언제 어떻게 될지 모른다.

그렇게 살벌한 세상에서 오늘을 살고 있으니 인생의 성공이고 뭐 고를 떠나서 내가 인생의 진부한 경쟁자가 아닌가 말이다. 돌아가신 내 어머님은 내가 힘들어할 때마다 툭하면 이런 말씀을 하셨다.

"내 죄가 많아서…. 너를 그런 몸으로 낳은 내 팔자가 기구해서…."

차라리 내가 너를 안 낳았으면 그토록 괴로워하지 않아도 될 것을 괜히 너를 낳아서 그 고생을 시킨다는 세상에서 가장 값진 모성애에서 토해지는 울분이셨을 것이다.

'어머니. 저 아직까지도 잘 견디고 있네요. 너무 걱정 마세요.'

어릴 때 어머님은 나를 그 먼 학교에 업어서 등하교하셨다. 요즘 장애인 복지관 그런 델 가보면 장애가 있는 애들의 부모 대부분은 다 자기 애를 고급 승용차에 태워 다니는데, 그 시절 우리 어머니는 승용차는커녕 휠체어도 없이 그 먼 길을 순전히 업고 다니셨다.

나는 그런 어머니의 등에 업혀 학교를 다녔고 한글을 깨우쳐 지금 이렇게 글을 쓰고 있는 것이다.

그런 의미에서 나는 지금 그나마 괜찮은 삶을 살아가고

있다는 것을 안다. 돌아가신 어머니께서도 인정하셨을 것이다. 나의 이 몸짓은 내가 태어날 때랑 하나도 바뀌지 않았지만 나의 살아가는 방식은 세월이 감에 따라 바뀌었을 뿐이다. 얼마 전 친구와 같이 갔었던 두무진 바닷가 그 불어대는 바람에 깎이고 패인 기암괴석처럼 천천히 바뀌어서 지금의 이 모습이 되었다.

사실 삶이라는 게 보이는 것만이 다라고 말할 순 없다. 행복의 정의를 쉬 말할 수 없듯이 사람의 일이라는 건 더더욱 그렇다. 말 몇 마디로 혹은 장문의 글로서도 정의될 수 없는 게 사람들의 인생이 아닌가 말이다. 리어카를 끌고 폐지를 줍는 인생일지언정 아니 병상에 누워 있는 어느 노인의 모습일지언정 같은 나이 또래의 회장님의 생의 비결과 뭐가 다르다는 것인가?

가는 세월에 몰골이 쭈글쭈글해지는 건 똑같을 테고 더욱이 곧 먼지로 변해버릴 인생은 똑같을진대.

살면서 가끔은 소중한 시간들을 쓸데없이 낭비해버린 적도 적지 않았으나, 그 철없는 행동들도 사람의 일생이라는 큰 틀로 보면 어느 순간 그 한 때라도 내겐 귀중한 한 때로 남아있음을 알 수 있다. 비록 장애의 몸으로 살아왔지만, 훌륭한 일은 못했어도 세상의 많은 사람들처럼 평범한 삶을 살았다. 그것만 해도 비교적 제대로 산 인생이지 않은가 말이다.

얼마 전 이발소의 뒷거울을 통해 보니 머리 꼭대기 부분의 머리숱이 지난번보다 더 많이 빠져있는 게 보였으나 대수롭게 생각하진 않았다. 또래인데도 나보다 더 많이 빠진 사람들도 많은데 뭐.

어디 그것뿐이랴?

이젠 뭐 씹어 먹는 것까지도 입술을 깨물어버리거나 혓바닥까지 음식물인지 알고 씹는다. 게다가 가는귀까지 먹었는지 남의 말조차도 점점 더 못 알아듣지만.

괜찮다!

모든 게 다 괜찮다.

언제는 내가 성한 몸으로 살았더냐. 오히려 성한 몸뚱이로 살다가 늘그막의 변화에 당황해하는 그런 삶보다는 더 낫지 않은가!

앞으로 어떻게 몇 년을 더 살아갈는지는 모르지만 이 모습 이대로 천천히 걸어가야 한다.

이깟 몸뚱이야 평생을 그렇게 살았으니 이제 더 많이 아플 것이고 그것보다 더한 어떤 일이 닥쳐도 다 품어 안을 수 있는 정신만은 늘 갈고 닦아야 한다.

그리고 그동안 내 삶의 등댓불이 되어 준 모든 이들을 위하여 기도하리라.

사랑으로 다가가 그들과 함께 가리라.

뇌성마비장애

세상엔 많은 장애인들이 살고 있다.

세상에 완전한 인간이 어디 있으랴마는 그런 철학적인 물음을 차치하고라도 많은 사람들이 지금 갖고 있는 기저 질환 내지는 또 앞으로 어떻게 될지 모른다는 불확실성의 다양한 장애를 안고 살아가는 시대에 살고 있는 건 분명하다.

그런데 누가 보더라도 눈에 확 띄는 사람들을 행정법상으로 장애인으로 분류된다.

그 사람들 중엔 평생을 누워 지내는 이른바 1급 중증인 사람들도 있고 또 게 중엔 손가락 하나 구부러져도 장애 판정을 받은 사람들도 있다.

장애가 너무 심해서 일도 못 하고 하다못해 인간으로서의 기본적인 생활조차 어렵게 꾸려가는 사람들한테는 국가에서도 많은 혜택을 주는 시대에 살다 보니 그런 복지 혜택을 불법적으로 노리는 사람들도 많은 요즘이라 하겠다,

그러나 나는 오늘 그러한 사회적인 모순만을 짚어보고자 이 글을 쓰는 건 아니고 살면서 느껴 온 유독 뇌성마비장애인을 대하는 다양한 얘기들을 쓰고 싶다.

또한 이 글이 뇌성마비장애인인 내가 객관성이 결여된 나 혼자만의 사심이나 노파심 등으로 글을 쓰는 우를 범할 수도 있기에 조심스럽지만 소수의 독자들이라 할지라도 이 글을 읽고 앞으로 뇌성마비장애인들을 더 살갑게 대해준다면 그것이 곧 이 글을 쓰는 이유라 하겠다.

사실 어려서부터 이놈의 장애 때문에 힘들었다. 지금은 뇌성마비를 보는 시각과 인식도 많이 바뀌었지만 옛날엔 흔히 말하는 바보로 살아야 했다. 아무것도 못하고 또 아무것도 모르는 바보! 나는 그게 아닌데 사람들은 외모로서만 나를 판단해버리고 무시하기 일쑤였다.

사람들의 선입견이 얼마나 무서운 건지를 어렸을 때부터 알았다.

선입견의 첫 단계는 뭐니 뭐니 해도 말이었다.

보는 눈이 아니라 말을 하는 입이 선입견의 첫 단계다.

보는 눈이란 웬만하면 안 봐버리면 되는데 말은 그게 아니라 상대가 건네 오면 예의상이나 상대성으로라도 받아쳐야 한다.

그런데 나는 말을 할라치면 힘이 너무 들어가 얼굴인상부터 이그러지기 때문에 그 순간부터 바보로 상대한테 인식되어지는 그런 인생이었다.

그래서 눈이 아닌 말이 바로 선입관, 선입견이라 했다.

하다못해 1급 중증 장애라 해도 말이라도 온전히 하면 아~ 그렇구나.. 하는데 우선 말을 하긴 하는데도 인상이 경직이 되고 무슨 말을 하는지 알아듣지도 못하니까 쟁점을 모르는 채 그대로 넘어가기 일쑤였다.

나로서는 한 마디 말이 무거운 시멘트자루 하나 들어 올리는 것 같은 힘이 들어가는 순간이다. 그런 몸으로 이 나이를 살았다.

한마디로 그건 억울한 경우다. 그나마 나는 언어장애가 그리 심한 것도 아닌데 처음 보는 사람이나 분위기에 따라서 말이 잘 나오느냐 전혀 알아먹지 못하느냐가 결정이 된다. 나도 이런데 나보다 더 심한 언어장애를 갖고 있는 친구들은 어떤 마음일까?

왜 이토록 우리 뇌성마비장애인들은 남들보다 심지어 다른 분류의 장애인들보다 훨씬 억울한 삶을 살아야 하는가 말이다.

내가 어려서는 하도 옛날이라 장애인이라는 낱말도 없었고 그냥 불구자로 간주되던 시절이었는데 심지어 나 자신이 뇌성마비라는 것도 모른 채 살다가 20대 중반을 지나면서 한꺼번에 많은 뇌성마비장애 친구들을 만났다.

그때서부터 만나기 시작한 사람들 대부분 지금도 여전히 친분을 유지하고 있지만 그 사람들 한 사람 한 사람 대하다 보면 거의들 자신이 가지고 있는 장애의 특성에 따라 각기 다른 어려움을 가지고 살아간다.

특히 그들 중에 대다수는 평생 걷지도 못하고 심한 언어장애에 온몸이 경직이 되어 마음먹은 대로 몸놀림도 불가능하며 그리고 밥도 혼자 먹지 못하는 친구들도 많다. (물론 그렇지 않은 뇌성마비 친구들이 훨씬 많지만.)

그나마 다행으로 옛날과는 비교도 안 될 정도로 의학이 날로 발달해 걷지 못하는 척추 장애인들도 걷게 하는 세상에 이르렀지만 우리 뇌성마비 장애는 앞으로도 영원히 고치지 못할 것 같다.

우리가 인간으로서 얼마나 많은 하고 싶은 일들을 하고 싶고, 또 얼마나 많은 말들을 속으로 삭이며 사는지를 아는 사람들은 없다. 아무리 생각으로 짐작한다 해도 세상사 생각만으론 모르듯 실제 당해보지 못하면 그 속과 고통을 모른다.

신은 그들에게 단 한 가지! 멀쩡한 머리만을 허락해 줬다. 그러나 그것은 더없이 안타까운 일이고 더 아픈 고통일 수도 있다. 뇌성마비라면 당연히 머리가 마비가 되어 진짜 아무것도 몰라야 하는데 이 놈의 마비가 생각하는 정보처리 기능만은 살짝 비껴갔으니 이 얼마나 환장할 일인가? 차라리 생각하는 머리를 고장내버리든지 이런 머리를 뭐에다 써먹으라고!

그건 몸은 이래도 멀쩡한 두뇌로 평생 살아가라는 해도 해도 너무 가혹한 은총이 아닌가. 이건 신이 우리(뇌성마비장애인)를 위한 배려가 아니라 인생의 최고 난이도인 시련과 역경을 딛고 일어서라는 어쩌면 당사자들에겐 좋은 의미의 은총이 아니라 한이 되어서 짓물러진 형벌인지도 모른다.

물론 당사자인 자신들이 그것을 신을 위한 영광이요 더없는 은총이라고 생각한다면 그것은 나로서는 감히 넘볼 수 없는 바로 초인의 생각일 것이다.

(나 이렇게 잘 먹고 잘 살고 있는데 저놈의 노인네 뭐라는 거야!)

짜라투스트라만이 초인이 아니라 지금 자기의 삶을 인내하며 사는 삶이 바로 초인의 삶이다. 왜 초인이냐? 장애 없는 사람들은 단 하루도 뇌성마비처럼 못사니까 초인인 것이다.

하기사 나만 이런 생각을 가진 것인지는 모르는데 나도 뇌성마비이지만 아직 초인의 길에 들어서지 못했으니 하는 소리이다. 아니 아예 초인의 길에 못 들어서도 좋다. 나는 그냥 이 모습 이대로 평범한 인간으로 살고 싶을 뿐이다. 밤마다 묵주를 굴리며 기도를 하는 평범한 인간 말이다.

기도란 무언가 이유가 뚜렷해야만 신께 드리는 것인데 나는 이상하게 딱히 그 제목을 콕 집어 단정해 말하지도 못하면서 기도한다.

혹시 기적을 바라는가! 그것도 아니다. 어쩌면 이런 몸으로 살아가서 고생도 모르고 잘 먹고 잘 살아서 감사의 기도한다는 오히려 그쪽이 맞는 말일 것이다.

아마 나는 좀 특이한 뇌성마비인가 보다. 이건 단순한 내 자랑으로 비춰질지 모르는 일이라서 조심스럽지만 60년 넘게 살아보니 이렇게 된 것 뿐이다. 물론 이 글에 대한 평가는 읽는 사람의 마음에 달려 있지만, 글로써 나불거리는 게 살아가는 낙이라서 내 방식대로 쓸 뿐이다.

현대 의학은 왜 우리를 뇌성마비(腦性麻痺)장애라고 했을까? 뇌성마비를 한자로 풀이해보면 뇌는 머리를 말하는 것일 테고 성은 인간이 각기 가지고 있는 성질, 성격이며 마비는 말 그대로 손상이 되어버린 상태의 마비이다. 그러니 머리의 성질이 온전하지 않고 마비된 장애 상태쯤으로 요약할 수 있는 말인데, 대개는 뇌가 아직 발달되지 않은 갓난아기 때 발생하는 증상이란다. 뇌가 마비가 되었으니 뇌에서 전달이 되는 모든 기능이 엉망이 되어 사지의 마비에다 경직, 그리고 언어장애에 지적장애까지…. 실로 따지고 보면 엄청 많은 복합장애들까지 동반되는 어쩌면 신의 저주라고도 할 수 있는 장애이다.

지금 이 대목을 쓰고 있는 내 가슴이 자꾸만 먹먹해진다. 갑자기 눈물이 날 것만 같다. 나 이렇게 약한 사람 아닌데. 그동안 이 몸으로도 잘 살아왔던 사람인데.

서러워 마라! 인생은 누구에게나 서러운 거니까.

이럴 땐 옛날에 좋았던 시절을 생각하는 거야. 숨이 턱까지 차오르며 축구하던 때를 생각해봐!

우리 뇌성마비 장애인들도 다른 사람들이 천차만별로 다르듯이 우리들도 각기 각양각색의 인간으로 살아가는 건 마찬가지이다. 아까 말했다시피 자기 혼자 밥도 못 먹는 심한 중증의 뇌성마비가 있는 반면 외모로도 약간의 표시밖에 나지 않는 경증의 친구들도 있다. 그리고 소위 잘 나가는 친구도 있고 날 놈도 있고 클 놈도 있고 되는 놈도 있으며 지지리 못난 놈도 있다.

하지만 일반 정상인들과 단 한 가지 다른 게 있는데 대형사고 쳐서 감옥에 가는 뇌성마비 놈은 환갑 넘어 살면서 여태 한 명을 못 봤다. 사기질에 강도질에 살인하는 뇌성마비는 단 한 명도 없다는 것이다.

왜 그럴까? 그건 그런 일 해봤자 남들에게 웃음거리밖에 안 된다고 스스로 생각하기 때문에 그런 게 아닌가 말이다. 하긴 우리 뇌성마비들한테 당할 정상인들이 누가 있겠나?

그러나 그 말은 농담이고 실은 뇌성마비 장애인들 대개 보면 다들 웃는 얼굴이고 뭐니 뭐니 해도 심성이 다 착하기 때문이다.

곧 장애인의 날이 다가온다. 유엔의 날은 있었어도 장애인의 날은 없었는데 아마 내가 뇌성마비 축구국가대표로 활약했던 1988년 그때가 처음이지 않았나 싶다. 세계 각국 사람들이 지켜보는 올림픽을 치르는 국가가 장애인에 대한 인식조차 엉망인 나라라는 오명을 씻기 위해 그때부터 제대로 된 장애인 복지시대가 열렸던 것 같다.

그 이전까지는 자기 자식이 장애인이라면 바깥에 내보내지도 않았던 시대였다.

나가봤자 사람들의 놀림이나 받고 울고 들어오고 그것이 창피하니까 집안에서만 키웠던 시절이었는데 나 또한 이런 몸이었던 터라 이런 놈 학교 보내서 뭐하냐는 소리를 들으면서 자랐다. 국민학교, 중학교까지 학교 입학할 때마다 계속 들었던 것 같은데 만일 그때 나도 집안에서만 있었더라면 지금의 나는 존재하지 않을 것이다. 그렇다고 지금의 내가 뭐 대단하다는 생각은 추호도 없지만, 지금 이 나이에도 나름 현란한 9품사놀이에 조목조목 기승전결이 가미된 테크닉까지 겸비하고 있으니 이 행복이다 그때 어린 시절의 뇌가 마비되어 손상된 상태에서도 나름 노력한 결과라는 걸 안다.

남들이 내 글을 읽고 어떤 식으로 평가할지는 몰라도 난 나를 포함한 인간본연의 어떤 내면적인 글을 쓴다고 자부한다. 그저 눈에 보이는 것만 보고 느낀 것만이 아닌 사람이 왜 아프고 안타까워하면서, 또 리멘시타와 같이 강인한 정신력으로 살아야 하는 인간의 길을 글로 쓴다는 것이다. 그게 달리 생각해보면 그런 삶과는 무관하게 살아가는 사람들한테는 심히 잘난 척만 하는 것 같고 또 따분하고 시간만 아깝게 괜히 읽는다는 생각도 들겠지만 그건 그 사람들의 일일 뿐이고 나는 나대로 내 철학을 쓸 뿐이다.

끝으로 내가 우리 뇌성마비 동생들에게 한 가지 할 말이 있는데 할까? 말까.(저 노인네 디지게 말 많네^^ 너희들은 처음부터 읽지나 말지 왜 읽었냐?~)

동생(나보다 나이 많은 CP(뇌성마비 영어 약자) 별로 없음)들아,

인생을 산다는 것은 행복하기 위함이라.

누구나 다들 각자 위치에서 나름대로의 행복을 추구하며 살겠지만 문제는 나이를 들어간다는 거겠지. 특히 우

리 뇌성마비들이 나이가 들어간다는 것은 더더욱 빠른 속도로 노화되고 망가져 간다는 것이란다.

아마 일반 정상인들보다 10년 내지 20년 정도 노화가 빨리 진행될 것이다. 이런 사실을 여러 친구들이 잘 알고 있을 것인데…….

첫째 지금 몸 상태 관리 잘하기와

둘째 나이 먹어서 뭔가 자꾸 일을 해야 한다는 거다.

일을 한다는 게 꼭 육체적인 노동일을 말하는 게 아니라 자꾸 뭔가 소일거리를 계속 하면서 늙어가야 한다는 것이다. 치매 안 걸리려면 좋은 생각들 많이 해야 하고...

문제는 남들보다 훨씬 빨리 노화가 와서 여기저기 아프면 귀찮다는 게 문제이지만.

뇌성마비장애인들은 치매에 걸릴까요~ 안 걸릴까요?

치매도 뇌성마비처럼 뇌질환 아닐까요?

이건 내 생각인데요.

뇌성마비의 뇌는 원래 마비가 되어 있어서 치매를 일으키는 뇌질환들이 감히 들어 설 자리가 없다네요. 가설라무네^^

치매란 다른 게 아니라 쓸데없는 말이 많으면 치매증상이 아닐까?

급속도로 바뀌는 현대 사회에서 제대로 멀쩡하게나마 늙어가는 걸 간수하려면 젊은 생각과 자꾸자꾸 움직거리는 일이 필수적이다.

내가 사실 언어장애 심한 뇌성마비라서 앉아서 글을 쓰고 있는 거지 이놈의 언어장애만 없었더라면 아마 다른 일을 하고 있겠지.

아~ 맞다! 로커로서 락Rock을 열창하고 있지 않을까.

맛과 멋

맛!

나는 솔직히 맛(味)에 대해서는 일가견이 거의 없다.

소위 맛이란 여러 가지 의미부여가 가능하다는 말이지만 보통은 음식에 관해 맵고 짜고 싱겁다는 것을 의미하는데 나는 그러한 맛에 민감하게 반응하지 못한다는 얘기다. 엄청 짜고 매워야지만 아 짜구나, 아 맵구나를 느끼는 편인데다가 원래 성격적으로도 그렇게 생겨먹었기 때문에 혹여 나라는 사람이 맛도 제대로 못 느끼는 그리고 모든 면에서조차 덜떨어진 사람으로 비춰질지는 모른다. 반면 우리 집사람과 같은 입장에서는 내가 그만큼 음식 맛을 신경 쓰지 않고 어떤 음식이건 해 주면 해 주는 대로 군소리 없이 먹는 사람이라서 조금은 편하겠다는 생각을 해볼 수도 있다. 거의 집에서 삼시세끼를 다 먹는 사람이 거늘 끼니때마다 까탈스러운 식성을 내비치는 사람이라면, 입장을 바꿔 생각해서 음식을 장만하는 입장에서는 신경질이 날 법도 하다.

자랑할 건 못 되지만 나는 항상 끼니때만 되면 굶주린 하이에나처럼 모든 음식, 어떤 음식이라도 다 맛있게 먹어치우는 식성을 가지고 있다. 끼니때가 되어 배가 고픈데 어찌 밥은 안 먹고 젓가락질만 깨작 깨작거리다가 내려놓는단 말인가!

어린 시절, 먹을 게 귀했던 그 시절을 겪으며 살았던 때문도 있겠지만 어머니가 해주신 음식은 무조건 편식하지 않고 다 잘 먹었던 착한 어린이였었다. 그러고 보면 그런 음식을 편식하지 않는 습관은 꼭 식 습관뿐만 아니라 다른 인간적인 성격에까지 그 연관성을 미친다. 바로 음식 맛 이외의 살아가는 맛이 포함되는 생활습관이다. 이른바 五感에 六感까지…. 그것은 곧 살맛이다.

멋!

젊을 때 축구를 정말 좋아했었다. 그때 비로소 살아가는 맛을 느꼈었다. 땀을 뻘뻘 흘리며 운동장을 뛰어다닐 땐 물론 힘들었고 또 툭하면 여기저기 다쳤었지만 그리고 그 외 물리적인 어떤 삶을 병행하며 살았어도 운동장에서 땀 흘리며 뛰어다니는 그 행복과는 비교할 수가 없었다. 그야말로 살맛 나는 청춘이었다.

아! 이런 게 진정 살아가는 맛이로구나!

최고의 행복은 땀을 흘린 뒤의 휴식 때라는 철학자 칸트의 말을 정확하게 깨달을 즈음 그때가 바로 내 살맛나는 청춘이었다.

그리고 그 살맛이 인생의 멋으로 바뀌던 시절도 나의 청춘의 때였다. 그 'ㅏ발음'을 'ㅓ발음'으로 바꾸니 정말로 내가 바로 세상에서 가장 멋있는 사람으로 바뀌었던 것이었다. 비록 남들은 나를 한낱 아무것도 할 수없는 뇌성마비로 보았을지 몰라도 나는 이 세상 그 누구보다도 멋있던 사람이었다.

이제 나이 육십이 넘어 그것을 더욱 정확하게 알게된 것 같은데 그러나 그런 살맛 등은 오십이 넘어 몸 여기저기가 아파오기 시작하면서부터는 차츰 퇴화되어 갔다. 다만 언젠가부터 글로써 기록은 해놓았을 뿐. 그러다 보니 글을 쓰는 자체도 자주 쓰고 그 맛에 길들여지다 보니, 물론 글을 쓴다는 것은 그리 쉬운 일이 아니었더라도 그것 또한 나의 맛이요 멋이요 또한 내가 이 세상을 살아가는 가장 인간적인 가치라는 것을 나무의 나이테처럼 알게 해주었다.

신은 이 나이의 나에게 수술을 대여섯 번 해야 하는 아픔만 줬던 것이 아니라 글을 쓰는 자유와 영혼의 아름다움까지 선물해주었는데 그 선물은 내 모가지며 허리에 대여섯 번의 메스를 대야했던 것보다 훨씬 더 고귀한 선물이었다.

젠장, 그럴 의도는 애초에 없었는데, 쓰다 보니 자랑질만 쭉 늘어놓은 것 같다. 어쨌거나 모든 양심의 가책성은 나의 부덕함이긴 하지만 삶의 맛과 멋을 얘기하려다 보니 이렇게 됐다.

그렇다.

나는 맛도 잘 모르고 멋 또한 부릴 줄도 모른다. 모든 음식을 내 입맛에 맞춰 먹으면 그만인 것을……. 생각해보면 한 끼 먹는다는 것은 배고프니까 먹는다는 것 즉 내가 인간으로 살아가기 위함 그 이상의 그 무엇도 아니다. 목구멍으로 넘어가는 것 모두 다 똥밖에 더 되랴! (아. 피와 살도 되겠군.)

이렇게 나만의 스타일대로 하루하루 살아가지만 이젠 솔직히 건강마저 내 마음대로 컨트롤을 할 수 없기에 더 더욱 까다롭지 않은 내 식성에 박수를 보내고 싶다. 입맛은 말 그대로 입맛에만 국한된 건 아니기에 더욱 그렇다.

멋도 그렇다.

멋의 기준은 늘 절제되어 있는 것이어서는 멋이 나지 않는 법이다. 남들의 눈들에 놀아난다면 그것은 진정한 멋이 아닐 것이다.

할 수만 있다면 남은 인생사, 마지막 힘을 다하여 다시 한번 더 멋있는 사람으로 살고 싶다.

다시 한번만 더 멋지게 축구화를 신고 운동장에 나가보고 싶고, 다시 한번만 더 멋진 사랑에 빠져보고 싶기도 하다.

안 될까?

이젠 안 될까?

하긴 요즘엔 밥숟가락도 제대로 못 들 지경이다. 어쩌면 이놈의 밥까지 안 먹는다면, 안 먹어도 살 수 있다면 더욱 멋있는 老年일텐데. 매 끼니는 왜 그렇게 빨리도 다가오는지. 원래부터 음식 맛도 잘 몰랐으나, 이제 밥숟가락 질마저도 점점 더 어려워지는데 매 끼니는 왜 이렇게도 빨리 다가오는지.

맛은 맛대로 중요하지만 멋도 또한 내 삶의 중요한 Focus다. 그 포커스는 어떤 틀에다 잘 맞춘다는 말이거늘 내 나머지 삶의 프레임 구조를 잘 파악해야 하는데, 보다 멋진 내 여생의 초점은 뭐니 뭐니 해도 건강치 못한 외모에 있는 것이 아니라 눈에 보이지 않는 내적인 것이어야 한다. 그것에다 내 나머지 삶의 주안점을 맞추어야 한다.

보이지 않는 맛과 멋은 어떤 것인가?
그것은 한쪽으로 치우치지 않은 아름다움일 것이다. 그것을 한 장면으로 상상해본다면 주홍빛에 선홍빛이 어우러진 황혼녘 같은 장면이 아닐까!

요단강을 건너가면

오늘도 세계에서는 코로나 확진자들과 사망자들이 많이 나왔다.

코로나19! 그 위력이 엄청 세긴 센가 보다.

코로나19 바이러스가 우리 몸속에 들어오면 처음 며칠까지의 증상은 거의 감기와 동일하고 열도 없고 정상적인 식사도 가능하다고 하는데, 사 나흘째 날부터는 목구멍의 통증과, 쉰 목소리가 나고 체온도 평균 36.5도를 유지하지만 약간의 두통과 설사 증상이 나온단다.

그리고 닷새째 되는 날부터는 목구멍 통증과 쉰 목소리가 뚜렷해지면서 발열도 조금씩 오르고 몸에 힘이 쭉 빠지면서 관절마다 통증을 느끼는데, 엿새째 날부터는 마른

기침을 하며 동반, 특히 식사할 때나 말할 때, 혹은 침을 삼킬 때 목이 많이 아프면서 때때로 호흡곤란에 손가락 통증과 설사와 구토를 하고, 일주일째부터는 38도에 가까운 고열에 기침 가래, 신체통증과 두통이며 구토에 심한 설사까지 동반한다고 한다.

그리고 그 다음 날부터는 38도 이상의 열이 오르고 급기야는 숨을 쉴 때마다 곤란을 느끼고 계속되는 기침에 두통, 관절통과 둔부 통증과 마른기침을 계속 하면서 온몸은 뜨끈뜨끈 불덩이가 되어 기력은 쇠하고 호흡곤란 증상에 꼴깍 꼴깍하다가 숨이 멎는다는데…….

그러고 보면 죽는다는 게 참 쉽다!

말 그대로 보름 만에 가니 몇 달, 아니 몇 년 몇십 년 동안 주위 가족 고생만 시키고, 또 돈은 돈대로 날리는 이른바 저주받은 삶보다야 얼마나 행복한 일인가 말이다. 죽기 싫은 사람들에게는 대단히 죄스런 말이지만, 그렇지 않은 사람한테는 그야말로 행복한 죽음이 아닐 수 없다. 어차피 죽어야 하는 인생, 특히 있으나마나 한 사람들, 혹은 나처럼 종합병원인 사람들에게는 혹 땡기는 죽음이고 아닌 게 아니라 길이길이 남을 역사적인 기록에 올라갈 죽음이다. 모든 과학 의학 등이 발달한 지금 팬데믹으로

선언된 신종코로나19 호흡기 바이러스로 사망한 사람들 중 한 명으로 기록되는 죽음인데 우스갯소리로 꽤나 간단하고 의미 있는 죽음이 아닌가 말이다.

요즘 느닷없이 어깨운동 좀 심하게 했더니 무리가 되는지 오른쪽 팔을 들지를 못하겠다. 지금처럼 이렇게 핸드폰에다 글을 쓸 때에는 좀 괜찮은데 들거나 뻗거나가 안 된다. 특히 젓가락질도 힘들고, 머리감을 때나 면도할 때는 한마디로 고역이다. 그렇다고 왼손으로는 더더욱 힘들고, 누가 나를 좀 엎어놓고 어깨를 꾹꾹 밟아줬으면 좋으련만….

옛날 우리 엄마가 마루 한 쪽에 놓인 다듬이 돌 위에 이불홑창을 잘 개켜 놓은 채 그 위에 올라가 꾹꾹 밟아준 것처럼. 그 정도로 어깨가 안 좋다 보니 참 별의별 생각이 다 든다. 허리와 목에 메스를 다섯 번을 댔는데도 왜 이렇게 계속 안 좋은 건지, 그 두 군데에 아무 문제만 없다면 이 백세시대 우습게 그때까지 살고 싶은데 말이다. 오늘은 몸이 하도 안 좋아 동네 사우나탕 속에 아픈 몸을 푹 담그고 그 생각을 했다. 코로나로 인해 죽어나가는 가여운 생들을….

어느덧 봄꽃들 피고 질 새라 벌써 하루해는 지고, 내내 같이 놀던 철봉만이 휑하니 서있다.

윤사월의 어느 날

청록파시인인 박목월 시인이 생각나는 날이다.

바야흐로 윤사월의 시원한 바람이 열어놓은 교실 창문의 하얀 커튼자락을 휘날리던 날, 내가 까까머리 중학생일 때였다. 그러니까 지금으로부터 어언 50여년에 가까운 세월이 흘러버린 그때 국어시간 접한 詩 가운데 하나가 청록파시인 박목월의 '윤사월'이라는 시였다는 걸 기억한다. 그때 이후 '윤사월'이라는 명사조차도 새까맣게 잊어먹고 있었으나 쉰 너머 늦깎이 국문학도 시절 근현대시를 접하면서 문득 생각났던, 긴 세월 동안 잊혀진 단어였다. 그 이전까지에도 사람들이 윤달 윤달 하는데 윤달이 정작 무슨 말인지도 몰랐었다. 알고 보니 윤이 반짝반짝 나는 더없이 좋은 말이었다. 윤달은 일 년 중 음력으로 4월 달이 두 번 들어있어서 공짜로 얻어 먹는 공달이라고도 하는데 자세한 역학적인 얘기는 모르지만, 예로부터 윤달에 시집 장가가는 이들은 특별히 길일(吉日)을 택하지 않아도 됐고, 송장을 거꾸로 세워놓아도 별탈이 없다는 속담까지 생겨났을 정도로 좋은 달이라는 것이다.

어떤 면으로는 허무맹랑하고 별 의미 없는 얘기이지만 나도 음력 사월 생으로 그동안 생일을 두 번 맞이한 해가 꽤 됐었다는 얘기인데, 윤달이 끼어있는 올해에 오늘이 바로 두 번째 생일날인가 보다. 그렇다고 미역국을 또 먹을 수는 없는 노릇이나 그래도 홀로이 올 두 번째 생일을 자축하며 이 글을 쓴다.

안 그래도 요즘 글쓰기를 너무 게을리했더니 입에서 가시가 돋칠 정도로(정말로 안중근의사의 명언을 되새기며) 하루하루 참회하는 마음으로 생각을 정리해본다. 실제로 코로나 발생시기가 계속 되고 있는 최근 몇 달 동안 숟가락질은 물론 양치질마저 신경 쓰일 정도로 입안이 많이 헌 상태이다.

게다가 마음먹은 대로 글 한 줄 이어나간다는 자체도 그리 쉬운 일이 아니거니와, 글을 써 놓고 보면 꼭 아프다는 얘기가 튀어나와 차마 부끄럽기도 해서 쓰다가 접어 둔 적이 한두 번이 아니었다. 몸은 늙어가도 정신만은 늙기는 싫었는데 몸 상태가 날로 좋지 않으니 글 한 줄 쓰는 것도 삐쩍삐쩍 말라가는 고목나무처럼 그 패기나 생기를 유지하기조차 버거웠다.

엊그제 소나기 지나간 병원 정문 앞에 송홧가루가 씻기어 간 물웅덩이를 보았었다. 그리고 오늘이 음력 며칠인가 보았더니 사월 초이레다. 이 조용한 아침에 생각해보니 정작 이 한 세상 살면서 고맙게도 공으로 받는 게 너무 많다. 빌지도 않았는데 마음이 선한 사람들 덕분으로 그냥 내게로 온 空이다. 언젠가는 빈손으로 떠날 세상이거늘 이유가 무엇이든 그 공짜로 받는 것으로 인해 살아간다는 게 부끄러울 때도 많은데, 또 이렇게 윤달이라는 덤까지 공짜로 얻으니 어쨌거나 무한 감사한 세상이로다.

예전에 국어책에서 읽었던 그 시를 찾아 읽어본다.
송홧가루 날리는
외 딴 봉우리,
윤사월 해 길다 로 시작되는 짧은 詩.
그 산지기의 집에는 눈먼 소녀가 있었나 보다.

긴 하루, 먼 산에서 꾀꼬리가 울 때면 그 꾀꼬리 울음소리를 문설주에 기대어 엿듣고 있는 것을 시인은 그 만의 시감으로 표현했다. 그 소녀는 무명 치마저고리에 긴 머리를 곱게 땋아 댕기로 묶고 있었을 것이었다. 실제로 둘다섯의 긴 머리 소녀가 그 산지기 딸이었을지도 모르겠다.

조~심 조~~심

징검다리 건너던 개울 건너 작은 집의 그 소녀.

실제 요즘에는 여름 하지(夏至) 때처럼 해가 부쩍 길어졌고, 내가 자주 찾는 동네공원에도 노란 송홧가루들이 군데군데 묻어 있는 걸 볼 수 있다. 이제 올해도 반 정도를 지나 양력으로는 오월이 막바지인데, 음력으로는 윤달이 끼어서 아직도 사월 초, 공으로 얻어 좋다던 윤사월이라….

그래서 글감을 캐러 그곳에 가야 하는데…….

지금이라도 송홧가루 날리는 그곳으로 가보고 싶다.

그 산지기 딸이 있는 그 곳에 가보고 싶다.

하지만 윤사월이 끼어있는 올 봄은 유난히 길다. 게다가 이다지도 아픈 계절도 난생처음이다. 게다가 끝이 조금씩 보일 것 같던 코로나바이러스 소동이 다시금 활개를 치기 때문에 몸도 아프지만 마음도 아픈 계절이다. 어쩌면 내가 요즘 쓰고 있는 글들마저도 그 전염병에 걸려 자가격리 된 것이 아닌지도 모르고, 날이 갈수록 코로나사태가 좀 좋아지기는커녕 점점 더 미궁 속으로 빠져들어 가고 있는 느낌이다.

언제쯤 배낭 하나 메고 그곳에 갈 수 있을까!

윤사월 어느 날, 노을이 물든 바닷길 너머의 그 섬을 정녕 언제쯤 다시 갈 수 있을까!

세상에서 가장 아름다운 모습

얼마 전에 우리나라 헌법재판소가 형법상 낙태죄 조항에 헌법불합치를 선고했다. 그러니까 임신을 한 지 어느 기간이 지나 낙태를 하면 옛날에는 낙태죄가 성립이 됐는데 이제부턴 그것이 법을 어기는 행위가 아니라는 말이다.

물론 그에 따르는 여러 가지 이유들로 찬반 논란 등 아직까지는 말들이 많지만 헌법상으로 낙태죄를 인정하지 않는 사회가 되었음을 간과하기 어려운 세대가 되었음은 분명하다.

그런데 미국에서는 낙태를 시술한 한 의사에게 법정에서 99년 형을 내렸다 하는데… 물론 그 두 가지 경우가 어느 것이 옳고 그르다는 수학 문제 정답처럼 딱 떨어지는 건 아니지만.

사실 나는 그동안 낙태죄라는 게 있다는 것만 알았지 관심조차 없었다.

유난히 천주교내에서 낙태 반대 운동을 한다는 것도 성당 주보를 통해 알았으나 그마저도 그저 그런가 보다 했다.

그리고 지금 쓰는 글은 낙태죄라는 형법상의 얘기를 하려는 것은 더욱이 아니다.

나는 단순히 '세상에서 가장 아름다운 모습'이라는 내용의 이야기를 쓰고 싶을 뿐이다.

한편으론 그리 대단할 게 못 된다 해도 내가 생각하고 있는 생명존엄에 관한 이야기를 글로 쓰고 싶을 뿐.

천주교신자가 이승을 떠나면 그 가까운 신도들이 장례를 치루는 중 연도라는 기도문을 합창하는데 그 기도문 중 이런 문구가 있다.

"저는 죄 중에 생겨났고 제 어미가 죄 중에 저를 배었나이다."

그 문구를 말 그대로 가장 쉽게 해석한다면 성(性)이라는 행위를 죄악으로 설정해놓은 기도문인데 가만히 생각해보면 그다지 옳다고만 받아들여지지 않는 반면에 또 완전 틀린 말도 아니다.

아기들은 다 그렇게 이 세상에 태어난다. 나도 그렇게 태어났다.

그러나 죄로 태어났든 신의 선물로 태어났든 인간으로 태어났다는 것은 세상에 가장 큰 축복이 아닐 수 없다. 내가 지금 이런 몸으로나마 이 글을 쓰고 있다는 건 아무리 생각해도 더없는 축복이라는 말 말고는 더 이상의 할 말이 없다.

내 동창 중 미국에서 오래 살다가 몇 년 전 영구 귀국한 친구가 있다.

그 친구의 시집 간 작은 딸이 작년인가 쌍둥이를 낳았는데 몸무게가 1킬로그램도 안 되는 미숙아인 상태로 태어났다. 남매인데 남자아기는 750g 여자아기는 650g으로 태어났단다. 하루는 친구가 인큐베이터 위에 놓여 있는 벌그스름한 핏덩이 같은 아기 사진을 보여 주었다. 나는 순간 마치 깨진 알에서 죽어가는 새 새끼를 보는 듯 갑자기 멍해졌다. 떨리는 손가락으로 사진을 클로즈업 했다.

"아! 이게 사람이란 말인가?"

그리고 코끝이 찡해오면서 눈물샘에 눈물이 고이고 있었다. 그리도 메말라버린 줄 알았던 내 눈물이 그렁그렁하는 순간이었다.

분명 코 줄이 매달려있는 부분이 그 아기의 코 부분인 것 같았다.

자신의 손으로 작은 몸뚱이를 행여 터질까 손을 대고 있는, 자신의 아기를 보며 아기 아빠도 입술을 깨물고 있는 모습도 그려졌다. 그 모습들을 보며 오열하는 할미의 얼굴까지도…….

나는 그날 기도문을 작성하여 날마다 기도문을 읽었다.

나 같은 날라리신자도 어디서 그런 마음이 났는지 나조차 놀랐다.

그 아기들은 그날로부터 약 석 달가량을 그 인큐베이터에서 커야했는데 나로서는 도저히 상상할 수 없는 병원치료비를 지불해야 하는 그런 상황이라 했다. 그것도 쌍둥이라 이중으로.

그리고 그새 몇 달이 지나갔는지 엊그제 친구는 자기 손주들의 근황을 사진으로 전했다.

나는 그 사진을 보는 순간 다시 한번 놀랬는데, 이번에는 지난번보다 더 깜짝 놀랐다.

와우!

사진 속 애기들은 또래애기들에 비해 볼 살이 더 통통한 모습이었다.

"얘, 걔네들 맞니?"

난 성경 속의 수많은 기적들을 대부분 믿지 않지만, 그 아가들만은 내겐 기적이었다. 혹은 대부분의 사람들은 돈의 위력부터 생각하겠지만 난 그렇게 생각하긴 정말 싫다.

생명의 존귀함!

인간의 위대함!

죄 중에 태어났건, 선물로 태어났건 그 모습이 정녕 이 세상의 가장 아름다운 모습이기 때문이다.

하지만 별꼴이 반쪽인 세상 한쪽에서는 아무런 죄도 없는 아기를 갖다버리는 일까지 빈번하게 벌어지고 있다.

인큐베이터에서 큰 아이나, 공중 화장실에 버려진 아이들이나 그 아름다운 모습과 그 가슴 아픈 모습이 공존하는 세상을 다 보듬어 안고 살아 갈 인간으로서 권리가 있다. 적어도 제대로 된 인간이라면 말이다.

그렇게 이 세상은 돌아가야 하지 않을까?

어차피 세상은 음과 양, 악과 선, 못생긴 사람들과 잘생긴 사람들 등등이 공존을 해야만 어울렁 더울렁 돌아갈 수 있다. 세상은 항상 변화의 바람이 불어대는 곳이기 때문에 더욱 잘 돌아간다.

예전 나를 낳으신 돌아가신 우리 엄마는 생전에 애들을 열한 명이나 낳으셨다 한다. 그중에 다섯 명은 갓난아기 때 죽고, 지금 6남매가 그나마 큰 사고 없이 보통사람으로 곱게 늙어가고 있는 것만으로도 하늘나라에 계신 엄마가 보시기에 좋아하실 거라 생각한다.

물론 그 시대엔 별로 놀랄 일도 아니지만, 사실 말이 열하나지!

(난 아들 하나 키우기도 버겁더구먼)

우리나라 인구가 점점 줄어들고 있다는 사실은 어제 오늘 일이 아니다. 나 초등학교 때는 한 반에 모인 애들이 바글바글거렸는데, 지금은 애들이 없어 학교 문을 닫는 사태가 비일비재하단다.

생각 같아서는 낙태죄고 뭐고 무조건 낳아서 정말 어려운 처지에 있다면 국가가 정책적으로 나서서 확실히 책임져야 한다고 본다.

갈수록 인구는 줄어들고, 내가 어렸을 때하고는 너무나도 변화해버린 세대에 조금은 이질감도 생기는 건 어쩔 수 없다지만 세상이 어떻게 변해가든 나름대로 내가 좀 더 많이 이해해야지만 좀 더 좋은 세상이 되지 않을까?

그냥 이런 글이 쓰고 싶었다. 세상에서 가장 아름다운 모습을….

어쨌거나 주위에 손주 있는 친구들 보면 솔직히 부럽기 그지없는 요즘이다.

길 위에서

3주마다 한 차례씩 맞아야 하는 통증주사를 맞으러 신촌 가는 지하철을 탔다.

예순 넘어가는 뇌성마비 장애의 몸으로 살아가기엔 조금? 아니 많이? (생각하기 나름) 버거운 하루하루인 건 틀림없다,

몇 년 전부터 오른쪽 팔이 앞으로도 안 뻗어지고 위로는 더더욱 안 올라간다.

그때서부터 반찬이 좀 멀리 떨어져있어도 못 먹었고, 전철을 탈 때 오른손으로는 손잡이를 잡을 수 없었다.

게다가 허리 상태까지 갈수록 좋지 않았던 터라 이까짓 팔 안 올라가는 정도는 신경 쓸 여력도 생기지 않았다. 그

런데다가 어깨통증마저 갈수록 점점 심해져가는 바람에 아무래도 안 되겠다싶어 요즘엔 마음 다잡고 매일 공원에 나와 어깨 돌리는 운동기구를 돌린다.

이러다가 오른쪽 어깨 근육까지 완전 망가져서 팔을 못 쓰게 된다면 끔찍한 하루하루일 텐데……. 허리 안 좋은 건, 움직이는 걸 좀 자제를 하면서 그리고 전동 스쿠터를 타고서라도 그나마 왔다 갔다 할 수는 있는데, 만일 오른쪽 손을 못 쓰게 된다면 제일로 글 쓰는 낙이 없어질 게 뻔해 내 삶이 그만큼 급속도로 피폐해질 수도 있다. (아! 밥 먹는 것도 힘들지!)

살아가는 동안 몸은 늙어도 어쩔 수 없지만, 마음만은 늙으면 안 된다는 그것이 지금 나의 첫 번째 마음가짐이다. 나의 몸은 벌써부터 여기저기 고장이 나 삐걱대는 몸이더라도 마음만은 멀쩡한 멘탈로 여생을 살아가고 싶다.

어쨌거나 주어진 삶에서 남에게 흉 되지 않게 늙어가는 일을 글로 적고 싶은 소망! 그 작은 소망을 이루기 위해 내 오른손은 더 이상 고장 나면 안 된다.

물론 나는 왜 이런 증상이 나에게 왔는지 이젠 의사들보다 내가 더 잘 안다. 태어날 때부터 목을 못 가누다 보니 경추 뼈 부위의 신경이나 근육 등이 지금에 이르러 엉망이 되었기 때문이지만, 지난번 두 번의 목 수술로 많이 완화된 몸이 이 정도이다.

우리 기타 모임의 단장님이나 모 형님분도 그동안 오른쪽 어깨나 팔 때문에 고생들을 무척 했으나 며칠 전에 물어보니 많이 좋아지셨단다.

그 좋아진 원인이 통증 주사 혹은 규칙적인 어깨운동인 것 같다. 나는 그 소리를 듣고 귀가 쫑긋했는데, 매일 저녁 집 근처 공원에 나가 운동하는 걸 앞으로도 게을리하면 안 되겠다는 생각이다.

요새는 다행히 작년 같지 않고 기타를 어깨에 둘러메고 계속 쳐도 그나마 견딜 만할 정도다. 정말이지 작년 이맘때 쯤엔 기타 칠 힘은커녕 아예 몇 달 동안 걸을 수조차 없었다. 그 증상 때문에 수술까지 하려했으나 수술 전날 입원해서 의사를 만났더니 다 나은 것 같은데 수술하지 말자 해서 그날로 또 보따리 들고 퇴원했더랬다. 그때 그렇게 갑자기 좋아진 연유는 의사도 모르고 나도 모른다.

요즘엔 허리통증을 느끼더라도 전 같지 않게 견딜 만한데 그 이유마저도 왜 그런지 나도 알 수 없는 노릇이지만 어쨌거나 지난 주 조카 결혼식이 있었던 대전에 갈 때에도 열차를 놓칠까 봐 뛰어서 간 건 대단한 일이 아닐 수 없다.

조금 아까도 에스컬레이터를 탈까 하다가 계단으로 올랐으나, 아직은 다리의 기능과 허리의 기능이 자꾸 엇박자를 내어 자칫하다간 걷다가 넘어질 수도 있으니 조심, 또 조심하는 수밖에 없다.

인생은 모른다.

드라마틱한 야구처럼 끝날 때까지 그 결과는 예측할 수가 없다.

저번에 어느 한 조현병 환자가 역주행하던 차에 순간적으로 세상을 떠난 그 안타까운 예비 신부처럼 언제 어느 때 비참하고 절망적인 일이 일어날지도 모르는 게 살아있는 사람들의 인생 아니던가!

무릇 준비하고 대처하는 삶이기를….

그리고 조금 좋아진 것 같다고 철부지처럼 행동하지 않기를….

세 가지 즐거움

무엇보다도 인생은 즐겁게 살아야 한다. 그러나 사람들마다 각자 처해진 상황은 즐겁게 살려 하는데 반해 현실은 그다지 녹록지가 않다. 행복이란 제 발로 찾아와주는 것이 아니라 자신이 쟁취하는 것이라서 마음대로 되는 게 아니다. 왜 마음대로 안 되는 것일까?

歸天이라는 유명한 詩를 다시 한번 읊조린다. 그 시인은 이 세상을 소풍에 비유했다. 누구나 인생을 소풍을 온 것처럼 즐거워해야 하는 것으로 묘사한 것이다. 이 세상 누구나 다 소풍은 즐거워야 한다고 생각한다. 마치 어릴 적 소풍가기 전날 밤의 설레는 마음으로 살아가는 그런 인생이기를 바란다.

실제로 그렇게 살다 간 사람이 그 詩人이었다. 유신정권 때 고문 후유증으로 만신창이의 몸으로 살다 간 천상병 시인은 하루하루 즐겁게 살아가는 데 대해 다른 건 다 필요 없고 걸쭉한 막걸리 한 잔에 담겨있는 즐거움을 맛보면서 살았다.

서울 인사동에서 찻집을 운영하던 부인한테 막걸리 한 잔 값을 용돈으로 받는 즐거움, 어쩌다 많이 주면 필요 없다며 딱 한 잔 값만 받았다는 즐거움. 그렇게 아팠던 몸이지만 즐겁게 살다가 소풍 끝내고 하늘로 돌아간 시인을 생각해보는 아침이다.

그러고 보니 이 아침, 창문을 활짝 열고 시원한 바람을 맞는 이 자유 또한 즐거운 일이다.

사실 즐거움의 사상적인 정의를 내려 준 사람들, 수많은 철학자들도 많았지만 그 옛날 공자나 맹자의 정의는 시대가 바뀐 지금 시대에도 그들이 사색하는 즐거움의 맥락은 하나도 변한 게 없다.

정말이지 그동안 무수한 세월이 지난 춘추전국시대 때 뭇사람들의 즐거움은 어디에 있었을까? 그때에도 분명 기본적인 희로애락 속에서 즐거움을 찾으려 애썼을 것을….

그때나 지금 21세기에나 인간의 즐거움은 기쁘고 좋은

것을 좇는 가장 동물적인 즐거움 속에서 살아가는 것이었음에 살아있는 자 저마다 삶의 행복에 근거를 둠이 아니겠는가?

인생삼락이니 군자삼락이니 공자님이나 맹자님께서는 그 세 가지 즐거움의 비결을 우리에게 알려주셨다.

시시때때로 배우고 익히고 또 멀리서 친구가 찾아옴을 반기며 남이 날 알아주지 않아도 노여워하지 않으니 이것이 공자의 세 가지 즐거움이고, 맹자는 양부모 살아계시고 형제간 우애 있게 살고 하늘에나 사람들에게 부끄러움이 없고 또 영재를 얻어 교육시키는 게 인생의 세 가지 즐거움이라 했다.

요즘 세상 흔하디 흔한 행복의 조건인 돈 애기, 권력 애기, 학벌 애기, 외모 애기, 값비싼 차 애기나 집 애기 등등 가장 생각하기 쉬운 즐거움의 공통분모에 해당되는 애기는 하나도 없다.

사람이 늙어가면서 있다가 없어질 세상이야기가 아닌 소풍 같은 세상에 퍽 어울리는 이야기는 끊임없이 배우고 누가 알아주지 않아도 노여워하지 않는 마음이야 말로 얼마 남지 않은 여생을 자유롭고 풍요롭게 만드는 즐거움이 라는 것이다.

사실 생각해보면 일생을 살면서 많은 즐거움은 필요하지 않다. 그 예로 많은 친구들이 있는 것이 좋은 것 같지만 실은 그렇지 않듯이 말이다. 개인적으로 지난 세월 너무 많은 즐거움을 누렸기 때문에 더 이상 원한다는 건 어쩌면 화를 부르는 독소가 가득한 욕심일 수도 있다는 걸 알아야 하고, 그래서 밤마다 하는 기도의 지향마저도 가급적 무엇 무엇을 원하는 기도보다는 여태까지 잘 살게 해줘서 고맙다는 기도가 되어야 하리니.

사실 나는 오늘도 즐겁다. 몸이 이렇게 됐기 때문에 나머지 생은 안빈낙도다. 이제야말로 인간으로서의 꿈도 희망도 내려놓을 때라는 걸 알기 때문이다.

암요. 글은 어떤 글인들 못쓰겠습니까? 마치 하룻밤에 만리장성을 쌓는 것처럼.

어쨌거나 살아있으니 즐거움 두 가지면 족한 것 같다.

이런 몸의 나를 여태 안 쫓아내고 맛있는 밥까지 매일 해 주는 집사람이 있어 즐겁고, 또 이렇게 아무 때나 이런 글을 쓸 수 있는 마음의 여유가 있으니 그 또한 즐거운 일이다. 그런 즐거움 두 가지면 족하다는 얘기인데…

아니다!

마지막 딱 한 가지가 더 있다! 이것은 나의 즐거움이라기보다는 나의 바람에 속하는 것이지만.

조금 전, "다녀오겠습니다." 하고 일하러 간 우리 아들, 그 아들이 직장에서 잘 견뎌내고 건강하게만 살아가는 것 그것이 곧 나의 三樂 중 하나이다.

마지막 꿈

병원 예약시간은 11시 반이었다. 지하철은 어느새 압구정역을 지나고 있었다. 창밖으로 확 트인 한강 위로 깨끗한 겨울햇살이 가득했다. 한강을 건너면서부터 틈틈이 시각을 체크하기 시작했는데 그때서부터 시간이 갈수록 조바심으로 변해가고 있었다.

경복궁역에서 11시10분 발 셔틀버스를 타야 예정시간에 병원에 도착하여 진료를 보고 통증주사를 맞을 수 있었기 때문이었다. 오늘 같은 날엔 아예 예약시간을 완전히 지나쳐버렸더라면 오히려 홀가분한 마음이었을텐데 그러기엔 어중간한 시간이었다. 아닌 게 아니라 내리자마자 옛날처럼 빠르게 뛸 수만 있다면 셔틀버스를 탈 수 있는 그런 시간이었다. 충무로를 지나고 안국역에 다다르자 다행히 운이 좋으면 버스를 탈 수 있을 거라는 생각에 경복궁 역에서 문이 열리자마자 출구를 향해 뛰다시피 빠른 걸음으로 계단을 올랐다. 시계를 보니 셔틀버스 떠날 시각이 1분도 남지 않았다. 그야말로 1초가 아까운 시각, 계단을 후다닥 뛰어올라 이윽고 겨울 햇살에 눈부신 바깥으로 나갔는데 와~! 유턴신호에 걸려있는 낯익은 버스가 눈에 들어 왔다.

이젠 정말 늙었는지 예전 같지 않게 조금만 걸어도 숨이 턱밑까지 차올라 발걸음이 느려지는 몸 상태였지만 눈앞에서 사라지는 셔틀버스를 어찌 보랴? 약속된 예약시간은 삼십 분인데.

그 버스를 보는 순간 뭔가를 횡재한 기분에 출구에서부터 셔틀버스 서는 정류장까지 약 백여 미터 거리를 또 뛰다시피 걸었고 그때서야 우주 정거장에 장엄하게 도킹을 하는 우주선의 모습으로 유턴을 한 버스는 승객들이 모여 있는 정류장에 스르르 미끄러져 멈춘다.

정말이지 숨이 끊어질 듯한 상태로 버스 안에서 내리는 사람들을 고맙게 보며 아무 일 없었던 것처럼 숨을 고른다. 아무렴 셔틀 놓치면 택시라도 타면 된다는 느긋한 마음이 없는 건 아니었지만 쓸데없이 택시비를 낭비하는 삶은 내 육십 평생에 퍽이나 어울리지 않는 일이다. 버스에 턱 앉으니 그때까지도 가라앉지 않은 가쁜 숨은 점점 진정이 되고 언제 숨이 차오르는 인생이었는지 생각에서 멀어지며 평온한 서울의 독립문이 창밖으로 내다보인다. 촉각을 다투는 바쁜 시간에 이나마 멍들지 않는 다리 힘이라도 받쳐주니 이 어찌 행복하지 않은가!

그러나 기껏 그렇게 시간 맞춰서 왔는데 접수 후 진료실 앞에서 40분도 훨씬 넘게 기다리고 있다. 이놈의 병원은 예약이 되어 있음에도 앞 환자들의 진료가 밀리면 3,40분씩 지연되는 게 보통 일이다. 그러고 보니 허구한날 병원 다니는 게 하루하루 일과가 된 지 오래다. 목 수술을 한 후 재활치료를 세 가지나 받으러 다니기 때문에 일주일에 평균 두세 번은 꼭 수서에서 신촌까지 대중교통을 이용해야 하는 몸이다.

사실 오른쪽 어깨의 기능이 눈에 띄게 쇠약해져 받는 재활치료이건만 그다지 쉽게 좋아지는 건 아니라도 평소 몰랐었던 치료법을 알 수 있는 것만도 내겐 큰 수확이다. 그런 일들이 이 몸으로는 힘들 법도 하지만 그 일들이 꼭 피곤한 일만은 아니고 어쩌면 내 삶속에서만 느낄 수 있는 스릴이다. 때로는 스릴감 넘치는 인생, 그리고 가끔은 이렇게 무작정 기다리는 삶! 이게 또 다른 인생의 묘미이지.

진료실 앞 모니터를 보니 내 차례가 되려면 아직도 멀었다. 이럴 때는 의자에 편히 앉아 지나다니는 사람들을 바라보거나 할 일 없이 인터넷기사에 기웃거리는 모양새보다 이렇게 틈틈이 글쓰기 공부라도 하는 게 내 인생에 어울리는 짓이려니 언제 저 세상으로 갈지 모르는 인생, 나답게 살다가 가야지 않겠는가.

아 그러나 좀 전에 막 뛰다시피 한 몸부림이 지금에서야 신호가 오는 건지 앉아있는데도 허리가 아프다. 예전에는 그 격렬한 축구까지 했던 몸이거늘 이제 나이가 들어서 그런지 아니면 심장 폐 쪽에 다른 문제가 생긴 건지 얼마 전부터는 조금만 빨리 걸어도 숨이 차올라 발걸음이 느려진다. 조금 가다 힘들어서 쉬어야 하는 갈 날이 머잖은 노인처럼 숨이 차다. 의사한테 증상을 얘기했더니 호흡기내과로 가서 정밀검사를 받아보라는데 이젠 폐활량까지 더욱 짧아졌나 보다. 하기사 이젠 목과 허리뿐만 아니라 몸 여기저기 구석구석에까지 다 고장 날 때라는 걸 모르는 건 아니다. 그런 이상 증상들을 잘 받아들이며 살아야 하는데 건강 문제란 게 아무리 조심하고 예방한다 해도 나이 먹으면 누구나 다 이상 징후에 구속되어 가는 게지.

지난 가을 목 수술을 한 지 오늘로 꼭 100일이 지났다. 어느 정도 젊은 사람 같으면 이때쯤 목 보조기 없이 다녀도 되지만 나는 계속해서 더 착용해야 한단다. 이놈의 목 보조기를 계속 차고 있었더니 이젠 벗고 있으면 되레 허전한 느낌마저 든다. 내가 생각해봐도 목에 교정시켜놓은 나사가 제대로 굳을 때까지 계속해서 보조기를 착용해야 할 것 같다. 다시는 목 수술을 하지 않으려면 의사의 말을 무조건 들어야지 달리 도리가 없다.

오늘은 오전부터 병원엘 가 네 가지 일을 봤다. 꽁지 뼈에다 약물 주사 맞는 일부터 목 C T 촬영, 어깨 통증치료, 그리고 수술 담당 의사한테 정기검진 받는 일까지 다 마치니 오후 네 시 반이 넘어간다.

다람쥐 쳇바퀴 돌리는 듯한 하루하루. 이토록 쇠잔한 몸으로 살아가지만 태양은 오늘도 떠 있다. 그리고 마지막 꿈을 이루라고 나를 환히 비춰준다.

싸움의 기술

2020년 4월 7일 오늘도 여전히 코로나19와의 싸움을 하고 있다.

이 싸움은 敵과의 싸움은 분명하나 그것에 관한 뛰어난 전술 전략도 필요 없다.

그저 그 적이 내게 오지 못하도록 수비만 잘 하면 된다.

그 수비라는 것도 다른 게 아니라 내 몸만 깨끗이 관리만 잘 한다면 그다지 큰 문제는 없다.

특히 손길과 눈길, 그리고 발길을 잘 관리해야 한다.

살면서 가장 중요하고 가장 많이 하면서 살아가는 것!

손길 눈길 발길.

나는 지금도 손길과 눈길을 수억 번쯤 놀리고 있는데

이 글을 쓰기 전에 손을 엄청 깨끗이 씻었다.

물을 조금 틀어놓고 비누칠을 해 30초 가까이 박박 문질렀다.

세상에나~~ 평생 동안 안 하던 짓을 하려니 어색하기 이를 데 없으나
이렇게 쉬운 손 씻기만 잘 해도 이 전쟁에서 반 이상은 먹고 들어간다던데
지기 싫으면 따를 수밖에…….

이 글을 쓰는 것도 핸드폰에다 액정 펜으로 톡톡 치면 글씨가 써지니 복잡스런 문방사우가 필요치 않다.
세상이 이만큼 좋아지다 보니 눈만 뜨면 수많은 볼거리들이 나를 유혹한다.
몸은 별로 안 좋지만 볼 것도 많고 할 것도 많으며
또 다리는 그나마 성해서 갈 데는 왜 또 그렇게 많은지…….
더 늙기 전에 여기저기 막 싸돌아다니고 싶으나 요즘 그랬다간 사람들, 특히 마나님한테 욕을 바가지로 들을 게 뻔하고,
아니 그보다는 나 아닌 남을 위해 이른바 '사회적 거리두기 운동'에 동참해야지.

그러고 보면 이 전쟁에서 이기는 방법은 무슨 거창한 무기가 있어야 하는 게 아니라 그냥 이렇게 고전적인 방법인 '혼자 놀기'가 젤 좋은 방법이 아닐까!

아니나 다를까 이번 기회에 혼자 노는 방법을 더욱 연마해야 한다.

누구나 늙으면 젊을 때보다 혼자 있는 시간이 늘어나기 때문에 이 기회에 혼자서도 잘 살아가는 방법을 터득해야 한다.

자기 능력에 맞는 혼자만의 삶!

아무리 생각해도 이 코로나와의 전쟁에서 이기는 방법은 청결과 외부와 거리를 두는 것밖에 없다.

세상과 나와의 관계는 일정한 거리가 중요하다는 것을 늘 염두에 두고 살아야 할 일이다.

그러나 뭐니 뭐니 해도 독감 백신 같은 코로나 백신이 상용화가 되어야 할텐데…….

내 방식대로

학창시절 집에 있던 기타를 장난감처럼 가지고 놀면서부터 많은 노래들을 접했습니다. 말도 잘 못하는 사람이라 당연히 노래는 못 불렀어도 어쨌든 도레미파 계음은 볼 줄 알았고, 늦게나마 조금씩 따라가게 됐습니다. 젊었을 땐 그런 노래책 사는 게 취미였지요. 그 시절 유행하던 포크송이며 팝송 동요 세미클래식까지 나의 책꽂이엔 항상 새로운 음악책들이 꽂혀있었어요. 그랬는데 사실 이제 나이 들고 몸도 아프니 그 가볍던 기타조차도 무겁거니와 옛날과 같은 그런 열정까지도 다 사그라져버렸어요.

그러고 보니 우리나라 사람들은 옛날 옛적 때부터 노래를 좋아하는 민족이었습니다. 삼국유사의 거북아 거북아로 시작되는 구지가로부터 요즘 잘 나가는 BTS까지 어느 시대 사람들이나 그 시대의 유행가들 속에서 삶의 활력을 얻었습니다. 그 많은 노래들마다 이렇게 보면 오선지 내의 음표로 정해져 있는데 온갖 장르의 노래들은 마르지 않는 샘물처럼 지금도 계속 나오고 있습니다. 아마 사람들의 노랫소리는 세상 끝날까지 끊어지지 않을 거예요.

한 세월 살면서 그 노래를 참 좋아했습니다. 이 나이를 살아보니 그래도 가장 멋진 곡은 바로 그 노래더라고요. 제가 그토록 좋아했던 곡은 조용필의 킬리만자로의 표범이고 가장 멋진 곡은 프랭크 시나트라의 마이웨이이죠.

두 곡 다 인생의 깊은 맛을 우려내는 곡인데 마치 가장 친한 친구와 편하게 대화를 하듯 그리고 때로는 자신에게 독백을 하는 듯한 노래입니다.

한번 온 인생!

누구라도 어떻게 살든 남들이 공감하는 멋진 흔적을 남기는 삶을 살아야하는데, 바로 그렇게 살아온 것이 자신의 방식대로 잘 살아왔다는 걸 깨닫게 해주는 노래입니다.

누구나 다 저마다의 주관대로 그렇게 살아가지만 그 삶이 정녕 자신에게 맞는 최선의 삶이라는 걸 그 노래를 통해서 다시 한번 생각하게 하는 곡이기도 하고요.

앞선 조용필의 킬리만자로의 표범에서 정열이라는 가사가 나와요. '사랑이란 이별이 보이는 가슴 아픈 정열, 정열의 마지막엔 무엇이 있나'

정말 그렇게 살아온 것 같습니다. 마치 표범이 먹이를 낚아채는 것처럼은 아니더라도 나름 열심히 살아왔습니다. 그게 비로소 나의 이름 정열적으로 사는 것이었으나 나이 쉰을 넘으니 비로소 정열의 마지막이 이런 것이구나를 느껴봅니다.

비로소 몸이 아프면서부터였습니다. 그리고 사랑이 외롭다는 건 운명을 걸었기 때문이라는 대목을 되 뇌이면서 정작 나의 사랑이 요구하는 모든 것을 걸었기에 가슴 아팠다고 하지만 거기에서 나의 정열이란 청춘의 때 넓은 운동장을 뛰어다닌 것이었다고 감히 말해보고자 합니다. 이 몸으로요. 그로 인해 내 몸은 더욱 빨리 망가졌지만 그 또한 내 방식대로의 청춘이었기에 후회는 없습니다.

그 다음 두 번째 노래 프랭크 시나트라의 마이웨이에서는 이렇게 시작이 되지요. 사실 영어교육은 중 고등학교 6년에 대학 때 1년 교양과목까지 도합 7년을 배웠다지만 영어로 대화는 한마디도 못할 지경이죠 뭐. 그러나 만일 영어수업 시간에 팝송을 교재로 배웠다면 훨씬 수월하게 접근했었을 것인데….

'And now, the end is near. And so I face the final curtain. My friend, I'll say it clear. I'll state my case of which I'm certain.'

(엔드 나우. 디 엔이즈 니~ 이제 거의 다 왔군. 그래. 마지막 커튼이 내 앞에 있어. 내 이건 분명히 말하지, 내가 확고하게 지켜왔던 내 삶을 말이야.)

이 노래는 친구한테 지나온 삶을 그냥 고백하는 노래라고 알고 있어요. 자신이 걸어왔던 그리고 살아왔던 인생을 차분하게 얘기하듯이….

시나트라는 아마 인생의 마지막 장을 준비하는 나이를 몇 살쯤으로 보았을까요? 요즘 백세시대라서 그 나이쯤 되면 그때부터 새롭게 시작될 인생의 모든 광경을 어두컴컴한 무대 뒤에서 커튼(막)을 조금 젖힌 채 훔쳐보는 것도 재미날 거예요. 무대 위에서는 그동안 해왔던 것처럼 모든 준비가 갖춰져 있는데도 말입니다. 그 나이 그 경력에도 무대 위 광경이 조금은 궁금해 하는 것도 괜찮지 않나요? 그리고 정녕 이번 막이 생의 마지막 커튼이라도 그동안 확고하게 지켜왔던 자신만의 방식으로 대할 것임을 노래합니다. 마치 제가 이렇게 흐느적거리는 몸으로 살아왔고 또 어떤 식으로도 여생을 살아가야 하는 것처럼. 그나나나 세상의 모든 길을 다 다니고 누구나 인정할만할 충만한 삶도 살아왔으나 보다 중요한 것은 무엇보다도 훨씬 더 많이 자기 방식의 길을 살았다는 것을 노래하는 여유만만한 가사입니다.

킬리만자로의 표범과 마이웨이 두 곡 다 기타 코드가 쉬워요. 코드야 자기 톤에 맞춰서 바꾸어도 되지만 아까도 언급했다시피 그냥 자신에게 또는 가장 친한 친구와 대화하는 식으로 노래하면 된답니다.

이럴 땐 언어장애 때문에 노래를 못 부른다는 현실이 조금 억울한 일이기도 한데, 사실은 아무도 없는 곳에선 저도 따라 부르죠. 전에 혼자 운전할 때면 즐겁게 따라 부르곤 했었는데….

매주 두 시간이어도 우리 동아리 분들 한데 모여 노래도 부르고 기타도 치니 행복 두 배의 삶을 살고 있는 건 맞을 거예요.

오늘 우리 기타 동아리 형님들 한자리에 모이는 금요일입니다. 매주 모임이 있는 금요일이면 생각나는 대로 짧은 수필 한 편 써서 올리는데 오늘은 너무 길게 썼어요. 요즘 세상 누가 이렇게 긴 글을 읽겠습니까마는 읽기 싫으면 그냥 넘어가도 되지요 뭐.

우리 한 주 한 번씩 이렇게 만나서 기타 치며 노래하는 오늘은 가난한 영혼에 감미로운 기타 선율을 휘감는 날이니 오늘 이 자리에서 우리 모두 자유로운 영혼의 집시들이 되어 봐요. 요즘 매일이다시피 내리는 비에 젖은 몸과 영혼, 이 시간 그 모든 세상사를 날려버려요.

독락(獨樂)

예전의 선비들은 초로에 접어들면 고향땅이나 초야에 묻혀 강호시가(예전에 선비들이 세상을 등지고 자연에 묻혀 살면서 쓴 시가)를 지으며 이른바 풍류에서 즐거움을 찾는 독락(獨樂)을 즐겼다 하는데 은퇴한 선비라고 다 그런 삶을 즐겼을 리는 아닐 테지만 적어도 오늘날의 백수들처럼 쓸데없이 모여앉아 조로남불 식의 비방이나 궁상 등은 떨지는 않았으리라싶다.

정작 나이 들수록 홀로 살아가는 법을 터득해야 하거늘…….

나이 들어감은 정말이지 금방이다.

세월이 빠르다 함을 마치 흰 말이 문틈 사이로 휙 하고 지나감과 같다는 옛말을 인용하지 않더라도 나이를 먹으면 먹을수록 더욱더 빠르다는 게 실감나는데 이런 생각은 비단 나만의 생각만은 아닐 것이다.

때가 되어 사회생활에서 은퇴를 한 사람들 중에는 밖에서야 늙어가는 모습을 최대한 감추려고 하하 웃고 떠들어도 그런 씩씩한 모습이 집에 들어가서도 그럴까 싶지만 모르긴 해도 식구들한테 꼰대소리나 안 들으면 다행일 정도로 애처(?)롭게 살아가는 초로(初老)들도 의외로 많을 거라는 생각이다.

사람 살아가는 모습이 각양각색이듯 늙어가는 모습들도 각기 다르고, 나이 들어 스스로 화백의 삶을 산다고는 해도 특히 남자들은 고개 숙인 애늙은이로 살아가는 사람들도 적지 않은 게 현실이 아니겠는가.

나야 이렇게 몸이 안 좋아서 하는 일 없이 밥만 축내는 백수이니 할 말은 없지만, 그나마 행실이 멀쩡하고 머리도 나보다 천 배 정도는 좋은 여자랑 같이 살기 때문에 별 걱정 하나 없이 살고는 있어도 결혼생활이란 게 그리 쉬운 것만이 아니어서 알게 모르게 인간 본래의 외로움에서 벗어날 수는 없다.

무릇 인간이니까 라서 말인데 실상 이 나이 되어 화려한 백수로 산다고 해도 마포불백(마누라도 포기한 불쌍한 백수)으로 살지 않는 것만도 천만다행으로 알고 있으니 남은 인생 마누라를 신주 모시듯 하고 사는 게 최고의 행복인 거다.

뭐라고요~! 이미 포기하고 산 지 오래라고요? ㅎ

사실 늙는다는 마음은 인간이라면 누구나 다 받아들여야 하는 인지상정이라서 서러울 거 하나 없다손 치더라도 이렇게 집사람이랑 오순도순 살아가는 맛에 아픈 몸이어도 그런대로 견딜만하다는 행복지수는 꽤 높은 건 사실이니까 그것이 곧 최고의 살아가는 맛일 수도 있다. 한편으론 예전에 비해 몸 상태는 더욱 안 좋아졌으나 심적으로는 꽤 안정이 된 때문이어서 그것만으로도 감사한 인생이 아닐 수 없다.

정작 환갑을 몇 년 지난 이맘 때 나이는 그동안 맺어져 있던 모든 연관관계에서 떨어져 나오고 또 떨어져 나가는 고독한 나이임엔 틀림이 없는 때인 것 같다. 그렇다고 기존에 있던 것들과 어떤 단절을 의미한다는 말은 아니더라도 몸도 마음도 예전과 같지 않아서 자기가 여태 살아왔던 방식과는 내외적으로 언발란스되는 자신을 느끼는 나이이기도 할 것이고.

그러다 보니 아무리 화려한 백수의 삶을 살아도 외롭다! 라는 마음에서 벗어날 수는 없는 게 아닐까.

그래서 어느 시인은 외로우니까 사람이라고 했나 보다. 더욱이 하느님마저도 외로워서 눈물 흘리니 외로워 울지 말라고 썼나 보다.

실제로 식구들이나 친구들이나 그 밖의 모든 만나는 사람들 속에서도 외로움을 느끼는 사람들이 곧 지금의 내 나이 또래가 아닌가 말이다. 마치 지하철 속의 수많은 사람들이 지하철을 탄 것은 다들 똑같더라도 그들이 다 함께 같은 곳으로 가는 건 아니듯 식구들이나 친구들 또한 마찬가지이고 보면 인간이란 원천적으로 외로워할 수밖에 없는 존재가 맞는 말이다.

젊음을 잃어버린 세대여.

갈 곳을 잃어버린 세대여.

어차피 인생이란 홀로 가는 것이 아니던가.

한편으론 위대한 고독을 안고 살아가야 하지 않겠는가.

그 고독 속엔 여태까지 경험해보지 못했던 새로운 세계에 대한 즐거움이 있다는 걸 알 시기가 바로 지금이므로.
뭐 특별나게 하는 일 없이 여기 기웃 저기 기웃,
게다가 허풍만 늘어놓는 백수라 해도 풍월을 그릴 듯하게 읊을 줄 안다면 그대는 예전의 선비들처럼 고품격의 노후를 살아갈 수 있음이라.

나도 뭐 한 가정의 일원이지만 거의 모든 시간을 고독 속에서 지내는 건 내 숙명이라고 해도 무방하다. 한 집안에서만 같이 있을 뿐 너는 너대로 나는 나대로 식구들 모두 제각각 혼자서도 잘 노는 집안의 일원일 뿐 그러고 보면 어린 애들도 없는 보통 가정들 다 이렇게 사는 게 아닌가?
제각기 자기 취향에 맞춰서 말이다.
나야 이렇게 거동마저 힘든 나이이니 인생의 참 맛은 바로 아픔과 외로움을 어떻게 받아들이느냐를 글로 쓰는 낙에 살면 되고 말이다.

그리고 지금 이 글을 쓰다가 불현듯 생각난 건데,
외로움이란 그것에 빠져 일상을 그르치라는 게 아니고 그것과 함께 즐기란 게 아닐까 하는 그런 생각을 잠시 해본다.

몸이 늙는다는 건 누구에게나 공평한 일이고,
그 늙어가는 몸을 어떻게 잘 다스려 친구처럼 함께 잘 가느냐가 인생의 키 포인트이다.

하지만 나도 몸이 많이 아플 때면 이 글 한 줄이 안 써질 때도 있다.
그럴 때면 모든 일상을 그르쳐버릴 때이고,
나에게는 이때가 바로 늙음의 무서움이 밀려들 때이다.
그럴 땐 어찌해야 하는가!
그럴 땐 나도 마음의 갈피를 못 잡을 수밖에 없다.
그럴 땐 그냥 그렇게 아픈 상태로 있어야지 뭐.

이른바 조선의 르네상스라 불리던 시절,
당시 최고의 지성이었던 다산 정약용 선생이 늘그막에 이런 시를 읊었다 한다.

'... 강가 정자에 홀로 서서 마음의 갈피 못 잡네

대지팡이 짚고 절간에나 노닐까 생각다가
그냥 두고 작은 배로 낚시터나 가볼까 생각하네

아무리 생각해도 몸은 이미 늙었는데
작은 등불만 예정대로 책 더미에 비추네'

이제 몸이 늙어 지팡이에 의지한 채 절간으로 가서 소일할까 나룻배 타고 낚시터나 가서 소일할까
마음의 갈피를 못 잡고 방황하는 마음을 시로 달랬나 보다.

그렇게 바쁘던 양반이었는데 지금은 누구 하나 불러주는 사람도 없고 마땅히 해야 하는 일도 없이 정녕 외롭게 늙어가고 있다는 시다.

아마도 늙는다는 것은 그렇게 자기 혼자 있는 것을 말하는가 보다.
늙는다는 게 그다지 서러운 건 아니더라도 말이다.

삽 한 자루

이 세상 떠나는 날, 살아생전 내게 속해있고 내가 사용했던 온갖 것들이 다 필요 없게 될 때 그 많은 것들 다 정리하려면 가뜩이나 자기 방 하나 정리 못하는 우리 아들놈 짜증내면서 '남기려면 돈이나 좀 남겨놓고 가시지….' 하고 투덜거릴지도 모른다.

책꽂이에 맥없이 꽂혀있는 책들이며, 옷장에 담겨있는 옛날 운동할 때 생겼던 유니폼에 신발장엔 그동안 정리했다고 해도 그래도 아까워서 남겨둔 축구화 등등. 그 모든 게 하나같이 내가 살아 거동할 때나 아까운 물건들이지 이 세상 떠날 때엔 다 필요 없는 쓰레기일 뿐이거늘. 이 몸 이렇게 살아서 조금이라도 거동 가능할 때 정리해야 마땅하지 않은가!

지금 내가 살고 있는 이곳 아파트 베란다 한쪽으로 삽 한 자루가 세워져있다. 부피도 그리 크지 않아 세탁기 뒤로 구석 쪽에 세워놓았는데 삽자루 께에 미끄럼 방지용 붕대까지 칭칭 감아놓은 완전 새것이라 버리기도 아까웠었나 싶다. 이 집으로 이사할 때 버리고 와도 될 것을 들고 와 그냥 아무렇게나 쑤셔 놓은 게 무슨 장식품처럼 몇십 년째 놓여있는 거였다. 내가 세탁기에서 빨래를 꺼내 널 때나 창밖 풍경을 바라볼 때 가끔 보이는 거지만 지금은 아무짝에도 쓸데없는 것임엔 틀림없는 물건이다. 도둑놈이나 들어오면 써 먹을까!

그 삽은 생전의 아버님 것이었다.

아버님은 평생 노동일을 하셨다. 젊으셨을 때(일제 강점기 때) 일본사람한테 석공(石工) 일을 배워 우리 대가족을 먹여 살리신 분이셨는데 말년에 그놈의 술에 인생 전체가 흔들렸다 해도 과언이 아니다. 생각나는 건 매일 술에 취해 약해지신 모습뿐이었으니 말이다.

아버님 돌아가신 지 30년이 거의 됐다. 그때 아버님 돌아가신 후 유품정리를 했는데 옷가지며 그밖의 생필품 등은 아무렇게나 버렸다 해도, 아버님 일하실 때 들고 다니

시던 흙이 더덕더덕 묻어있는 연장 가방을 열어보니 망치에서부터 정이며 자그마한 넹가고대까지 여러 공사에서 쓰이는 연장들이 빼곡하게 담겨있었는데 그런 물건들은 좀 더 놔두고 있다가 나중에서야 버렸던 기억이 난다.

그러나 한쪽에 서 있던 그 삽 한 자루는 무슨 이유에서인지 버리지 못했다. 새 거라 아까워서일 수도 있고, 누가 필요하다면 줄 생각으로 안 버렸겠지만, 그걸로 내가 무슨 땅 파먹고 살 것도 아니고 어린 시절 갖고 놀만 한 장난감이 없어서 삽이나 곡괭이를 가지고 놀 것도 아닌데 말이다.

삽!

그러고 보니 내가 그동안 글을 그렇게 많이 썼는데도 삽이라는 단어가 아주 생소하게 와 닿았는데 살면서 한 번은 글로 써 보고 싶었다. 예전엔 사람이 죽었을 때 제일 필요한 물건이 삽이었다. 요즘이야 많이 변했겠지만 장례문화가 일상화되지 않은 시대에서는 죽은 사람을 일단 땅에다 묻어야 하니까 삽으로 파야했기 때문이다.

그리고 집을 짓거나 그 밖의 개똥을 치울 때도 꼭 삽이 필요했기 때문에 집집마다 삽 한 자루씩은 꼭 있게 마련이어서 옛날 분들은 삽을 그만큼 중요시 했었는데 우리 아버님도 그런 생각에서 새 삽을 구입해 아플 때 감는 붕대까지 칭칭 감아놓으신 걸 보면 아마 끔찍이 생각하는 물건이었지 싶다.

그런데 지금 우리 집 베란다에 있는 삽은 아무 쓸모도 없이 그냥 자리만 차지하는 무용지물이다. 부피도 그리 크지도 않고 그게 거기 있대서 뭐 걸리적거리는 것도 아니지만 나 저 세상으로 가기 전엔 내 손으로 꼭 정리해야 할 것 중의 으뜸인 살림살이 중 하나이다. 옛날 같으면 엿이나 바꿔먹으련만… 요즘은 재활용 쓰레기장에 돈 주고 버려야 하지만 말이 나온 김에 빨리 갖다 버려야겠다.

이렇듯 살아생전 아무리 아끼던 것들도 떠나버리면 쓰레기밖에 안 된다. 물건이 아니라 돈이라면야 남은 자들의 피와 살이 되겠지만 돈 이외의 것들은 이른바 남아있는 자들의 짐밖에 더 되겠는가.

그러고 보니 지금 내 것에 속하고 내가 아끼는 물건들도 꽤 되는데 남들에겐 그 모든 게 다 쓰레기일 뿐이다. 지금의 어리석은 나한테나 귀한 물건들일 뿐, 나 저 세상으로 떠나면 그걸 치우는 식구들한테는 되레 욕을 들어도 싼 일련의 싸구려 욕심일 뿐이다.

살아생전 고품격의 서예 세계에 빠져 전시회 등도 여러 차례 열었다신 어느 교장선생님이 저 세상으로 떠난 날, 집 안 곳곳에 걸려있던 수많은 액자들이 청소용품트럭에 실려 망치로 유리가 깨지고 발로 밟히고……. 그것을 바라보는 착잡한 심정의 그 집 자제들의 이야기를 들었다.

생전에 그토록 목숨처럼 소중했던, 그 한 자 한 자 심혈을 기울여 쓴 작품들을 담은 많은 액자들이 쓰레기로 둔갑하는 장면을 그 교장선생님은 상상이나 했을까? 이제 죽고 이 세상을 떠났으니 아까울 게 뭐 있으랴. 살아있을 때나 그분에게 세상 최고의 가치이지 죽고 나서야 어디 그런가.

또 모르지.

살아생전 작가로서 세상에 알려졌다면 돈의 가치로 매겨지는 일이니 문제가 달라질 수도 있지만 이건 그도 저도 아닌 그저 취미생활로서의 가치밖에 없는 것들은 그렇게 될 수밖에 없지 않은가 말이다.

그리고 그 교장 선생님이 죽을 때 가져가지도 못하는 것들의 또 한 가지 문제는 부피가 너무 크기 때문에 더 큰 문제라는 것이다. 자그마한 우표나 옛날 돈 등등 그런 취미였다면 그걸 치우는 사람들이 얼마나 편하겠는가.

정리는 남은 자들이 다 할 건데 그들도 자기들과 상관도 없는 일이 많고 보면 죽어서도 좋은 소리 못 들을 텐데, 살아생전 취미생활을 해도 유품 정리하는 사람들 편하게 작은 일을 해야 하지 않을까.

나도 이 세상 떠나기 전 남아있을 게 뭐가 있을까 생각하고 있다.

그것은 되도록이면 가벼운 것이어야 하는데… 생각건대 내 이름으로 세상에 나갈 에세이집 한 권과 내가 즐겨 신고 운동장을 뛰어다녔던 축구화 한 켤레! 그 정도면 나 죽고 난 뒤 버리기에도 힘 하나 들지 않을 테니 괜찮을 것 같다. 살아생전 내 손으론 도저히 못 버릴 것이지만 나중에 우리 아들이 버리더라도 가벼운 거 그 두 개 정도는 남기고 싶다.

이제 죽었다 깨어나도 축구는 못한다. 글에 대한 열정도 그전보다는 식었다. 이미 내 이름으로 된 에세이집 한 권 분량의 글은 뽑아놓았으니 말이다.

그걸로 만족해야지.

그동안 쓴 글들이야 다 컴퓨터파일로 되어 있는 거라서 종이의 분량도 없을 것이며 물론 내가 이 세상에서 사라질 땐 그 글들도 나와 같이 다 소멸될 것들이리라.

세상이란 원래 그렇게 돌아가는 것이 아니겠는가.

아픈 몸으로 하루하루 살다 보니 이제는 어쩔 수 없는 인생 말년의 길을 간다는 생각이다. 이 몸이 아무리 아프다 해도 옛말에 숟가락 들 힘이나 문지방 넘어 다닐 힘만 있어도 성생활까지 가능하다는 말도 있듯 '똥오줌조차 못 가리는 상황이 아니라면 죽겠다.' 하는 그런 말은 함부로 하는 말이 아니지만 몸이 갈수록 안 좋으니 더 이상 바라는 것도 없어지고 또한 이런 식의 글밖에 쓸 글이 없다.

아무튼 저 삽 한 자루를 그나마 들고 나갈 힘이 있을 때 빨리 갖다 버려야 하는데.

세 남자

남자 하나

한 남자가 있었다. 지금으로 부터 40년 전, 같은 고등학교 교실에서 함께 공부한 까까머리에 검은 뿔테안경이 잘 어울렸던 그 남자! 얼마 전 초로初老의 다른 친구 하나가 그 친구의 얼마 전 사진이라며 많은 세월이 지났지만 여전히 뿔테안경을 쓰고 있는 그의 사진을 보여줬었다. 사진 속 얼굴은 영락없는 고교 2학년 때의 앳띤 모습이 남아있었으나 눈에 띄게 핼쑥해진 얼굴에, 지난 여름에 찍은 사진인지 반팔티를 입은 삐쩍 마른 모습이었다. 양쪽 팔이 유난히 가느다란 모습은 누가 보더라도 환자의 몰골이었는데 왜 그러냐고 물으니 위암말기랬다. 그 남자가 바로 어제, 생을 마감했단다. 나와는 본의 아니게 40여 년간이나 소식이 끊어졌다가 작년에 SNS를 통해 한두 번 안부가 오간 게 그 친구와의 인연 끝자락이었다. 어쨌거나 먼 길 왔다 돌아가는데 노잣돈 몇 푼 인편으로 보내고는 하늘 한번 올려다보았다. 내 고등학교 2학년 때의 학급 반장 놈은 60도 안 돼 그렇게 떠났다.

남자 둘

또 한 남자가 있었다. 우리 아파트 옆 동에서 홀로 쓸쓸히 늙어가는 예순 일곱의 초로의 인생인데, 나하고의 인연이 꽤나 괜찮았던 편인지 자신에게 무슨 어려운 일이 생기면 꼭 나를 찾는 남자였다. 홀로 늙어가는 외로움과 각종 성인병에 요즘에는 언어장애까지 심해져서 갈수록 소통도 어려운 상태이다. 성격적으로도 고집이 센 편이라 병원도 가까운 강남구에 있다가 몇 년 전 중랑구로 이사한 모병원만 다니는 양반이라서, 병원 갈 때마다 내가 차로 모시고 다니는 사이이다. 얼마 전 갈수록 심해지는 불편해진 거동과 언어장애 때문에 MRI를 찍었는데, 그 결과를 보러 오늘 아침부터 그 병원에 갔었다. 젊은 의사가 말했다. 모니터에 나와 있는 두개골 필름을 보면서 "이 부분이 이렇게 하얗게 나오는 건 평소 술을 많이 마시면 나타나는 현상입니다. 왜 신경과 약을 끊었어요?" 의사의 말을 나름 인지하는 얼굴이었으나 아무 대답을 못 한다. 보호자 의자에 앉아 모니터를 보니 뇌 가운데 부분이 마치 하얀 물감 번져있는 듯 허옇게 보인다. 그 필름을 보니 정작 내가 겁이 덜컥 났다. 술이라면 나도 젊을 때부터 요근래에까지 거의 매일 밤마다 잠이 안 온답시고 소주를 마시고 잤는데, 나도 머리를 찍으면 저렇게 나올 거란 생각에 순간적으로 섬뜩했다. 정말이지 나도 머리 MRI 한번 찍어보고 싶은 충동을 느끼면서 그 자리를 나왔다. 다행히 나는 각종 성인병이나 내과 쪽은 아직까지는 큰 이상은 없는 듯하나 모를 일이다. 벌써 진행 중인데도 검사를 안 해서 모르고 있을 수도 있는 일이니 말이다.

남자 셋

이제 내 인생은 저녁 무렵 저 산 너머로 넘어가는 황혼의 수채화를 그려야 할 때다. 붓은 여전히 내가 쥐고 있고, 지금부터 내가 그리는 황혼이 어떤 모습으로 그려질는지 아무도 모른다. 그 그림을 어찌 그려나갈지 나조차도 모르고 있는데 차마 내가 그릴 수 없다 해도 황혼의 그림은 어떤 식으로도 그려지고 말 것이다. 이 황혼녘을 그리는 게 싫든 좋든, 한가롭든 바쁘든 어렵든 간에 시간이 흘러 나중 언젠가는 반드시 소멸되어지는 게 삶의 본질이지만, 여하튼 지금은 황혼녘을 그려나가야 한다. 정작 태어나서부터 쭉 말 한마디 할 때에도 마치 숨넘어가는 소리로 힘들게 환갑 넘게 살면서도 뒤돌아보면 그때그때 인생그림을 신나게 그렸고, 지나간 것은 지나간 대로 의미가 있었다는 노래처럼 내가 불러 온 삶의 노래 또한 이 세상 그 누구와 마찬가지로 의미 있는 노래였다. 한때는 세상 다 가진 듯한 기쁨도 있었고, 반면 이를 악물어야 하는 아픔도 있었기에.

그래…

어차피 삶에는 정답이 있을 리 없다. 먼저 간 그 두 남자도 정답도 없는 생을 살았을 터! 남은 생, 올 건 기어코 오고야 만다는 것을 잘 그리며 살아간다면 그것이 세상에 온 이유가 될 터인데.

이별의 노래

주위의 가까운 지인이나 어느 유명한 사람들이 세상을 떠났다고 할 때 나는 늘 어린 시절 음악시간에 배웠던 이 노래가 떠오른다.

아마도 노래 제목이 '이별의 노래'일 거다.

기러기 울어 예는 하늘 구만리
바람이 싸늘 불어 가을은 깊었네
아 아 너도 가고 나도 가야지

세상에 태어나 주어진 한평생 살다 때가 되어 떠나가는 많은 사람들.

망자가 아파서 죽든 사고로 죽든, 보내는 이들의 마음이 아무리 아쉽기로,

저 위에 계신 절대자는 인간들 편에서 그런저런 사정을 봐주진 않는다.

오랜 세월 만고의 섭리인 그 이별을 맞이하지 않을 사람 세상에 누가 있으랴.

어느 봄날 새싹이 돋아나듯 세상에 와 푸르던 청춘의 시절을 지나 여름날 휘몰아치는 폭풍의 그 언덕도 잘 견디었다지만 결국엔 떨어지는 낙엽처럼 찬바람에 쓸려가는 게 인생이지. 세상 사람들 그 아무도 모르는 곳으로.

죽음은 세상에 남겨진 자들과의 이별이라.

그게 인생이려니 하면서도 나에게 곧 다가올 그 문턱을 넘는 순간을 생각하자니 지금 나의 모든 게 헛되다. 언제고 불쑥 찾아올 이별을 예감하며 그 어린 시절 배웠던 그 노래를 다시 한번 마음속으로 불러본다.

지금은 동요가 아니라 가곡으로 불리지만 어렸을 때 불렀기 때문에 내겐 동요인데 이 동요를 부른지 한 50년 정도 지났을 거다.

어릴 때 배운 동요인데도 그 옛날 음악 선생님께서 풍금을 치며 노래하시던 모습과 그 슬픈 곡조들이 어린 내 마음속으로 울러 퍼지던 그 감동이 다시금 되살아난다.

어쩌면 그때부터 뇌성마비 아이는 세상의 수많은 이별을 예감했었는지도 모른다.

그러고 보니 살면서 참 많은 이별을 했다.

하긴 만남이 있으면 이별이 있기 마련인데 사실 모든 삶의 희로애락들이 이별이라는 문학적인 개념용어 하나로 존재하고 또 그렇게 소멸하여갔다.

한낮이 끝나면 밤이 오듯이.

나이 육십에 아직 그런 쓸데없는 생각에 얽매이지 말자 해도 그리 멀지 않은 곳에 있을 수도 있는 그 이별의 순간은 삶과 같이 하냥(늘) 내 곁에 있다.

떠날 땐 다 쓸쓸하다.

그리고 남은 자들도 때가 되면 그 뒤를 따라간다.

아~ 아~ 너도 가고 나도 가야지.

며칠 전 동네 지인 한 사람이 오랜 세월 병마로 신음하다 저 머나먼 곳으로 떠났다 하는데, 그 뒤로 유명그룹의 총수도 떠났다. 각기 한 인간으로서 영욕의 세월을 살았을 그 두 사람, 나이도 다르고 살아온 삶도 다 다르지만 그들은 하필 여기 근처 삼성병원 영안실에서 차례대로 세상 소풍을 끝낸 셈이 되었다. 그들이 살아생전 어떻게 살았건 갈 땐 그렇게 빈손인 것을.

그러나 나는 아무래도 오늘 더욱 값진 선물을 받은 기분이다.

그들 덕분에 기억 저편에 있던 이별의 글을 쓰고 이별의 노래를 마음속으로 나지막이 부르고 있으니 말이다.

그리고 아무렇지도 않게 웃는 얼굴로 이 귀한 삶을 살아가고 있음으로.

시월 어느 날 지하철 안에서.

영혼까지 아름답게

환갑을 넘기고 몸도 예전과 다르게 여기저기 안 좋은 이때, 전에 어디선가 주워들었으나 그동안 까맣게 잊고 있다가 문득 생각난 전도몽상(顚倒夢想)이라는 말이 있는데, 그 말이 요즘 들어 내 지친 마음 한 곳을 턱 하니 차지하고 있다. 마치 기억상실증에 걸린 환자가 다른 건 다 잊어먹었어도 몇 가지는 정확하게 알고 있는 것처럼 말이다. 그도 그럴 것이 십수 년을 다닌 학창시절 땐 이렇게 기가 막힌 말을 배우지 못했던 게 아쉽기만 하다는 생각이 드는 건 지나온 세월에 대한 무료함 때문이기도 하다.

그리고 이 말을 새롭게 받아들인 때부터 마치 새 인생을 찾은 듯한 느낌이다.

이 말은 원래 불교에서 유래된 말이라고 한다.

'어떤 보이는 것을 보이는 그대로 보지 않고 삐딱(?)하게 보는 몽상 같은 말인데 즉 꿈과 같은 생각을 한다.'라는 말이라고 한다. 게다가 많은 사람들은 더 나아가서 그 헛된 꿈이 헛되다는 걸 모르고 살아간다는 것이란다.

하지만 우리네 인간들은 완전체가 아니라서 누구나 그런 시행착오를 겪으면서 살아가는 것이 아닌가? 그래서 어쩌면 그 미래를 모르고 산다는 게 한편으론 당연한 것인지도 모른다.

물론 나도 또한 마찬가지이다. 더군다나 예전과는 달리 이제 늙고 몸까지 아프니 그 말이 더욱 진지하게 와 닿는다. 내 나이 쉰을 넘으면서부터 확 달라진 몸놀림으로 이 모든 일상생활을 천천히 해야 하기 때문인 것도 있겠고, 또한 곧 그곳으로 가야 될 몸이라는 걸 생각하니 나의 모든 것이 헛되다는 생각이 드는 것일 게다.

그렇다고 내가 지금 오늘 낼 오늘 낼 거릴 정도로 산송장마냥 지낸다는 얘기는 아니지만 지난번 수술을 받고 그 때보다는 그런대로 살만해서 지금의 이 몸 상태를 관리만 잘 한다면 그나마 건강한 노후를 보낼 수도 있지 않나 하는데 그것도 나약한 인간의 생각일 뿐 날이 갈수록 몸은 점점 늙어가고 아픈 데는 더 늘어나기 마련이다.

그러나 앞서 꺼낸 전도몽상이라는 말에서 정작 헛되다는 것은 무언가!

인간이라서 어쩌면 당연한 지금의 이 현실을 똑바로 인지하고 받아들인다는 말일 것이고 쓸데없는 욕심을 얘기하는 그것을 모른 채로 살아간다면 결국은 추하게 늙어갈 뿐 그것이 곧 헛되다는 것일 것이다.

그렇듯 몸이야 세월 가면 누구나 늙어가지만 마음이란 것은 갈고 닦을수록 빛이 난다는 사실을 안다.

일부 사람들은 내가 이런 글을 쓰면 저 사람 또 잘난 채 한다고 비아냥거리는 느낌을 받기도 하는데, 단지 몇 사람뿐이라 하더라도 그런 느낌을 받을 땐 나도 기분이 언짢은 건 사실이다. 난 단지 글짓기 맨으로서 이런 글을 쓰고 싶을 뿐인데, 그래서 그런 느낌이 나더라도 나는 계속 내 방식대로의 글을 쓰고자 한다. 이게 내가 늙어가는 길이기 때문이라고 생각하며 내가 바라보는 전도몽상을 글로 엮어갈 뿐이다.

이것이 과연 내가 내게 닥친 현실을 거꾸로 보는 것인가. 그리고 내가 꿈을 꾸는 것이 헛된 꿈이라고 할 수 있는 건가. 적어도 남들에게 피해를 주는 그런 삶이 아니기에 나는 떳떳하게 이 길을 갈 수 있다.

세상엔 늙으나 젊으나 자기만 아는 사람들이 얼마나 많은가. 헛된 망상에 빠져 남과 타협할 줄 모르는 집단들은 또 얼마나 많은가. 자기만 옳고 남들은 무조건 색안경을 쓰고 바라보는 세상을 살아내고 또 그런 편협함을 이겨내는 방법은 없는 것인가.

혼자 조용히 공부해야 한다. 우르르 몰려다니며 획일화되지 않은 마음의 공부를 해야 한다.

혼자 조용히 나의 역사, 나의 음악을 공부하고 싶다.

나의 종교, 나의 질병, 나의 죽음마저도 조용히 공부하고 싶다.

세상은 여전히 어수선하고, 서로 간의 믿음마저도 붕괴되어버린 이때. 그래도 아무 일 없었다는 듯 맑은 영혼이 기지개를 켜는 아침이 또 선물처럼 내 앞에 주어졌다.

이른 아침, 나에게는 정녕 보석 같은 친구가 소식을 보내왔다. 내가 목 보조기를 푸는 날, 작년처럼 어디론가 떠나자고.

그리고 또 한 친구는 가을엔 멋진 글상(文想)이 떠오르지 않느냐며 들녘에 부는 잔잔한 바람처럼 내 마음에 속삭인다.

그래.

이 조용한 아침에 전도몽상을 묵상하는 나는 결코 헛된 삶을 살진 않았어.

그리고 앞으로도 내 영혼마저 욕되지 않게 살고 싶고,

세상에서 가장 멋진 그대들이 곁에 있는 한 내 인생 또한 아름다운 삶이리라.

홀로 가는 길

인터넷상에서 유영하는 '오늘의 운세'를 우연히 보았다.

오늘의 운세,

돼지띠, 59년생 : 여행 등으로 혼자 조용히 시간을 보내면서 정리하는 시간을 가져라. 라고 나와 있다.

내가 해당되는 년도의 오늘은 그다지 좋은 날이 아닌가 본데 그냥 심심풀이로 여기기엔 뭔가 흘려버리기 아까운 감도 없지 않아 이렇게 핸드폰 노트를 열고 오늘을 기록해 본다.

혼자 조용히 시간을 보내면서 정리하는 시간을 가지라는 말은 무슨 뜻인가. 홀로 배낭여행이라도 떠나라는 얘기인가?

그다지 별 중요하지도 않은 얘기인 것도 같긴 하지만 가만히 생각해 보면 내 인생의 중요한 키포인트가 내포된 말인 것도 같다.

정말이지 이 나이를 살아보니 정리할 것들이 많고 더구나 몸이 나날이 더 아프다 보니까 이제 남은 건 정리하는 것밖에 없는 듯하다.

사실 이 몸에, 이 나이에 무엇을 바라겠나! 생각해보니 그동안 생각하고 추구했던 현실과 꿈들이 전부 다 허무한 욕심의 찌꺼기일 뿐이다.

살면서 경제적인 부자로 살아보지를 못해서 이런 소리나 하고 앉아있을 수도 있겠으나, 이제 살날이 얼마 남지 않은 중환자 마냥 몸이 갈수록 안 좋아지다 보니 약해 빠진 생각도 아니 들 리 없다. 모든 일을 마지막이라는 심정으로 해야 하는 마음이 이런 것인지도 모른다.

늘 가까운 인연들과 함께 가고 있는 길인 것 같은데도 실제로 앞으로 가야 할 길은 나 홀로 가야하는 길이다.

지금은 그나마 가까운 사람들이 있고 그런 생각은 그때 가서 생각할 일이라 해도, 우리가 지난날 오늘을 예측하지 못했다는 걸 후회하는 것처럼 다가올 일을 미리 생각하면서 정리하는 마음이고자 한다.

정리되어있는 미래는 그만큼 추하지 않을 거라는 걸 바라면서.

지나간 일들 묻어두고 떠나간다는 것은 드디어 내가 생겨난 그곳으로 아쉬움으로 지저분한 미래를 조금이나마 정리할 마음으로 배낭을 챙겨야 한다는 것일 게다.

생각하고 아는 만큼 보여지는 게 인생이라지만 보이는 대로 가져지는 건 아니기 때문이다.

그 아팠지만 행복한 생을 살다간 시인의 시처럼 인생은 소풍이다.

그러고 보면 나는 여기서 누구보다 더 신명나게 놀았고, 선생님 말씀에서 벗어나지 않는 놀이에 즐거워했다. 때론 선생님 몰래 소주 한 잔 마신 적은 있어도 취해서 실수를 한 적이 없으니 그 또한 아름다움이었지 않나 싶다.

지천명에 이를 즈음. 몸이 아프기 시작하면서부터 소요유(逍遙遊)라는 말을 참 좋아하게 됐다.

그전에도 좀 놀아본 삶이었지만 노는 생활에도 품격이 있다는 걸 터득했는데 그것은 소풍 가서 보물찾기를 하듯 참 재미나는 일이었으므로 앞으로도 남은 생의 아름다움을 찾아가야지.

오늘의 운세는 어쩌면 인생 최고의 운세!

다만 여러 가지 여건이 안 되서 어디론가 떠난다는 건 마음뿐이더라도 잃었던 소중한 것을 찾았으니 말이다.

오늘은 정말 운수 좋은 날!

홀로 가는 길에는 영혼의 자유가 있다.

백미(白眉)

어느 날 하얀 눈썹 하나가 삐죽 튀어나와 영 뵈기 싫어서 족집게로 뽑아버렸다. 그거 하나 뽑을라치면 어쩔 수 없게도 주위의 멀쩡한 검은 눈썹 몇 개도 희생되게 마련이다.

이 나이 먹도록 또래들에 비해 흰머리가 그리 많은 편은 아니어도 몇 년 전부터는 머리카락도 많이 빠지고 백발이 희끗희끗 귓가에서부터 눈에 띄게 많아지는 게 늙는 건 어쩔 수 없나 보다.

주위에 보면 염색한 친구들도 꽤 많지만 살면서 염색 한 번 안 했을뿐더러 앞으로도 염색 같은 건 죽어도 안 하겠다는 마음에는 변함이 없다.

그런데 언젠가부터는 그동안 전혀 안 보였던 하얀 눈썹이 보이기 시작했던 것이다. 눈썹은 머리카락하곤 틀려서 처음엔 아무래도 보기 싫어 보이는 즉시 족집게로 잡아 뽑아버렸는데 그 후론 심심치 않게 한 개씩 생겨나는 것이었다. 하지만 보이는 즉시 자꾸 뽑아버리면 나중에 남아나는 게 없을 것 같아 오늘 아침 면도하면서는 보기 싫게 자라있는 흰 눈썹을 가위로 싹둑 잘라버린 거였다.

그러나 이놈의 뇌성마비 손놀림은 그거 하나 제대로 안 된다. 자르려면 그놈만 확실하게 안보이게끔 잘라버려야 하는데 옆의 멀쩡한 검은 눈썹들도 잘려지고 잘못하다가 피까지 보면 어쩌나 싶어 조심스러웠지만 이 몸에는 역시 어려운 일일 수밖에 없다.

그런 세밀한 일은 양손이 멀쩡한 집사람한테 부탁할 수도 있지만 그 정도는 아무려면 어떠랴 싶어 그냥 얘기도 안 꺼냈다.

자세히 보면 하얀 점 하나가 앉아있는 듯한 내 눈썹 부위.

늙는다는 건 그 눈썹들마저도 칡뿌리처럼 억세어진다는 것을 언젠가부터 알고 있었는데 지금 나의 눈썹도 그렇다.

내 국민학교 동창 중에 머리와 눈썹이 온통 하얀 친구가 있다.

그런데 내가 보기에도 죄다 흰 눈썹뿐이어서 한편으론 무슨 도인처럼 멋있게도 보이는데, 내 경우는 이건 하나 둘 삐죽삐죽 보이니까 보기가 영 아니올시다다.

예전에 배웠던 백미(白眉)라는 말이 생각난다. 이 말은 원래 중국 삼국시대 촉나라의 마씨 형제들이 다 뛰어났는데 그중에서도 흰 눈썹이 많은 마량이라는 사람이 가장 뛰어났다는 고사에서 유래된 말이다.

그러니까 백미라 함은 쉬운 말로 비유하면 군계일학(群鷄一鶴) 정도로 해석될 수 있으나 지금은 그 뛰어나다는 뜻으로 이 글을 쓰는 게 아니라 다른 의미의 글로 쓰려 한다.

위에서 말한 어느 날 갑자기 튀어나온 흰 눈썹이 영 보기가 싫어 가위로 싹둑 잘라버렸다 함은, 살면서 어떤 좋았던 인연을 스스로 잘라버렸다 함과 그 맥락이 비슷한 뜻이 될 수가 있겠다 싶어 잠시 눈을 감고 명상에 들어간다.

안 그래도 요즘 내 주위의 일들을 곱씹어 보면 그동안 좋은 관계로만 이어져 오던 인연 하나를 아까 그 하얀 눈썹 하나를 가위로 싹둑 해야 할 그런 상황이 이미 다가왔음을 안다. 그 일은 나조차도 전혀 예상치 못한 인간의 일이라 한번 그리 생각하니 그동안의 모든 희로애락들이 허무한 물거품이 되고야 말았다. 그 사람과의 인연은 여기까지로 딱 끊고 싶다.

살면서 그럴 때가 있다. 흔히 믿는 도끼에 발등 찍힌다는 말처럼 예기치 못한 일이 발생할 때가 말이다.

그리고 앞으로 모든 일이 무난하고자 바라는 인생을 위해서 타협이 절대 안 될 것 같은 일들은 애초부터 썩은 나뭇가지 자르듯 잘라야 한다는 것도 삶의 연륜에서 비롯된 것인지도 모른다. 평소 나의 면면이 쉽게 보였는지 급기야는 본색을 드러내고야마는 사람에게 이것도 아니고 저것도 아니고 그로 인해 내 인생마저 불쌍하게 느껴진다면 과감하게 잘라버려야 한다.

한번 떠난 사랑은 내 마음에 없어요. 추억도 내겐 없어요. 라는 노랫말이 있는데 바로 이럴 때가 아닌가 싶다.

어쩌면 나는 이 나이 되도록 아직까지도 인생의 쓴 맛을 모르고 양면성 짙은 인간의 본질마저 착각하며 살아가는지도 모른다.

그동안 온화한 미소와 정성스런 손길에 의해서만 자란, 온실의 화초와도 같은 삶이었는지 그저 좋게만 생각하고 앞으로도 정다운 일들만 있을 것 같은 그런 착각에서 살아 온 내가 바보 같기도 해서 한편으론 후회스럽기도 하지만 어쨌든 이와 같은 현실에 맞닥뜨렸으니 이번 일로 하여금 앞으로 나의 삶을 재발견하는 기회로 삼아야겠다.

만일 부부간의 일이라면 백번 이해를 하고 무조건적인 용서를 빌어서라도 원 상태로 되돌려 놓아야한다고 생각하지만 그렇지 않은 이상에는 하얀 눈썹 하나 뽑아버리는 심정으로! (물론 또 나온다는 것도 알지만….)

만일 내가 예수님 부처님과도 같은 마음이라면 모를까 그렇지 않은 이상은 얼마만큼 살던지 간에 꼴 뵈기 싫은 것(?)들은 과감하게 정리해버리는 마음가짐으로 살고 싶다. 살면서 남에게 피해 안 주고 살아 온 것도 행복이라고 본다면 굳이 싫은 남을 끌어안고 살기는 싫다.

이 나이 되어보니 내 생각대로 되는 인생은 절대 아니라는 걸 알고 있는 이상 앞으로도 아까 말한 발등 찍히는 일과 같은 흰 눈썹들이 우후죽순으로 나올 것인즉, 행복한 노후생활에 해가 되는 흰 눈썹만큼은 보기 좋게 가꾸고 싶다.

죽기 전에 정리할 사람은 과감하게 잘라버려야 한다.

언제 갈 지 모르는 삶.

보다 행복하게 살려면 미지근하고 아니다 싶은 인연은 정리해야지.

그 사람들도 또한 나를 예전에 정리했을지도 모르고, 무엇보다도 그 흰 눈썹 하나 때문에 나의 소중한 검은 눈썹(인연)들에게 애꿎은 피해가 갈지 모른다.

세상 많은 사람은 갖가지 이유로 변하기 마련이다. 그 사람들 가운데에는 늘 푸른 소나무 같은 사람이 있고, 또한 한 때는 세상 끝까지 갈 것 같았던 사람도 한순간 변해 버리는 경우도 있다. 물론 나도 쉬 변할 수 있다.

그래서 내 남은 인생은 내게 속한 인연들 잘 가꾸며 그 인연들이 나를 끝까지 괜찮은 사람이라는 것을 증명할 수 있도록 그런 인품으로 마지막 모습이고 싶다. 머리는 백발이어도 눈썹만큼은 검은 모습이고 싶다. 그러려 넣더라도!

조갯살

우리나라는 자타공인 세계 최상위권의 I T(컴퓨터나 통신기기 산업)강국이다.

지금도 내가 문자를 찍고 있는 이 스마트폰 한 가지를 놓고 보더라도 이미 오래전부터 스마트폰이 없는 사람을 찾아보기 힘들 정도로 초등학생서부터 웬만한 어르신들도 거의 다들 지니고 있다.

하루가 다르게 발전하는 스마트폰의 첨단 기술은 단순히 다른 사람들과의 소통 기능은 기본이며, 어디에서건 가만히 앉아 손가락으로 몇 번 찍으면 궁금한 거 필요한 거 또 온갖 재미나는 것까지 다 해결해주니 사실 이렇게 편리한 기계가 또 있을까 싶다.

그러나 스마트폰 안에 있는 온갖 기능들이 엄청 다양하다 보니 전화처럼 꼭 필요해서 열어보는 경우가 아닌 습관적으로 눈이 가고 또 손가락을 놀리는 경우도 많다.

이토록 우리 생활에서 가장 밀접하게 자리 잡은 스마트폰!

이렇게 편리하고 유용한 도깨비를 더도 말고 이틀 정도만 안 한다고 가정을 해보면 과연 어떻게 될지 상상해봄 직도 재미있는 일일 것 같은데, 긴급하게 통화하는 것쯤이야 정 급하다 싶으면 옆 사람 휴대폰을 빌려서라도 하겠지만 요즘엔 말 한마디 안하고도 음식을 배달시켜 먹는 건 물론이고, 연령대에 따라 매일 새롭게 나오는 유튜브에, 게임에, 주식에, 학교 강의까지 이루 헤아릴 수 없을 정도로 다양하다.

한마디로 스마트폰 안엔 현대인으로 살아가는 데 정말 필요하고 온갖 재미나는 것들이 넘쳐나는 시대이다.

그러니 돈이 목적인 IT관련 회사들이나 각 통신회사들은 앞다투어 더 편리한 기능을 겸비한 더 좋은 기기들을 만들어 하루가 멀다고 시장에 내놓는 시대다.

나도 당연히 노트북이며 휴대폰 화면을 많이 보는 사람 측에 속한다.

실제로 밤에 자기 전 눈알이 왜 침침하고 어쩔 땐 정신 마저 몽롱해지는지 모르는 바는 아니나 이미 습관적으로 보는 경우도 허다하다.

지금도 나름 글을 쓴다고 스마트폰 화면을 뚫어지게 보고 있다. 사실 언젠가부터 쭉 여기에만 글을 써 버릇 해 이젠 필기구로 종이에 쓰라고 하면 한 글자도 못 쓸 정도가 되어버린 지 오래이다. 그런데 그런 아무것도 아닌 듯한 습관이 얼마나 안 좋은 건지 알면서도 실제로는 그저 대수롭지 않다고 생각하는 데 더 큰 문제가 있다.

따지고 보면 이런 글 쓰는 게 내 행복이고 또 나름대로 언어장애가 심하기 때문에 이 기계가 꼭 필요하다는 핑계는 얼마든지 댈 수 있다.
(실제 예전엔 얇은 대학노트를 반으로 접어 주머니에 넣고 다니면서 낙서를 했던 젊은 시절도 있었지만 지금은 이 자그마한 스마트폰 안에 노트 기능이 다 있기 때문에 나 같은 사람에겐 정말 필요하고 더군다나 어디를 가다 모르는 사람에게 길을 물을 때도 금방 톡톡 찍을 수 있으니 그야말로 편리하다.)

그만큼 사용 용도에 따라서는 음식 요리할 때의 칼이 되느냐 아니면 남을 해하는 흉기로도 되는 게 이 스마트폰의 장단점이기도 하다. 물론 편리한 기계임엔 틀림이 없으나 웃기는 것은 그 안에 들어있는 지식매체들이 다양한데 그것들을 하도 많이 끌어다 쓰기 때문에 잘못 사용하게 되면 인생까지 망치는 사람들도 부지기수다.

사실 스마트폰으로 할 게 너무 많다. 다만 안쓰러운 건 인간관계 등이 통신 관계망으로 연결되어 있어서 눈으로는 안 보이는 공간이다 보니 사람들에게 나타나는 사람간의 인정 같은 게 메말라 버리고 또 한 가지 각종 정보 포스팅에 대해 잘못된 댓글문화도 정말 심각한 문제가 아닐 수 없다.

어찌 보면 스마트폰으로 인해서 기계처럼 살아가는 사람들이 많아진 건 사실이지만 세상일엔 반드시 음과 양의 조화로움이 있게 마련이니 꼭 안 좋은 쪽으로만 보는 것도 문제이기도 하다.

바닷가에 가보면 파도가 지나간 모랫바닥에 이따금씩 껍데기만 남은 조개가 보인다. 물론 멋지게 생긴 소라도 있다. 각박하게만 보이는 도시에서 살다가 몇 년 만에 바닷가에 가서 그런 희한한 게 보이면 가끔은 한두 개쯤 주워오기도 한다. 그런데 그 빈 껍데기 뿐인 조개 같은 걸 유심히 관찰해 보면 조그마한 구멍이 나 있는 게 대부분이란다. 그 돌처럼 딱딱한 껍질에 왜 구멍이 났을까? 그 이유는 바로 '쇠고동' 이라는 녀석이 조개 그 딱딱한 껍질에 붙어서 작은 구멍을 뚫고 조금씩 아주 천천히 그 조갯살을 빨아 먹어서 그렇게 속이 텅 빈 채로 죽어서 파도에 휩쓸린다는 것이다.

대뜸 궁금해서 쇠고동이라는 애를 인터넷으로 찾아봤다. 생겨먹기로는 꼭 어릴 적 길거리에서 사먹던 그 거무스름한 고동보다는 조금 더 큰 고동인데 꽁지 부분을 펜치로 잘라내고 쪽쪽 빨아먹던 걔네들보다는 퍽이나 도도하고 예쁘게 생겼다. 그러니까 만만하게 보이는 조개는 쇠고동이 달라붙어 쇠고동의 밑 부분 그 뾰족한 꽁지에 찍혀서 자신의 살을 다 내어 주고 서서히 죽어간다는 것이다. 어쩌면 그 죽음보다 더 무서운 것은 자기가 왜 무엇 때문에 죽어 가는지도 모르고 그렇게 구멍이 뚫린 채로 아주 천천히 자신의 살을 그 쇠고동에게 내어줄 수밖에 없다는 그것이 아닐까.

정녕 그 조개도 하나의 생명이기에 본능적으로 이상한 것에 걸렸다는 걸 알 터이고, 자기 몸에 구멍이 났다는 것도 또한 자기 살이 조금씩 떼어 나간다는 것을 알고 있으면서도 완벽한 조르기에 들어간 유도 기술처럼 빠져 나올 수가 없겠지.

그런 조짐을 직감했을 때는 바로 잡기가 이미 늦은 때, 그리고 그 조갯살이 바로 나의 '정신살'일 수도 있다.

그것은 좀 안다 하는 사람들이 툭하면 내세우는 자기 합리화, 가끔씩 자신도 모르게 나오는 무모함. 그리고 쉬 내려놓지도 못하고 그렇다고 또 쉬 받아들이지 못하는 알량한 욕심이라는 쇠고동이 지금도 내 눈동자를 흐트러뜨리고 내 허리를 더욱 아프게 하며 내 손가락의 기능까지 점점 망가뜨리고 있는지 모르는 일이다.

차라리 그것만이라면 다행일 수도 있다.

문제는 내 정신 살까지 정신없이 다 빨아먹을지, 아니 지금도 정신없이 내 정신 살을 빨아 먹히고 있는 건지도 모른다. 지난밤에 모기란 놈이 내 다리의 피를 조금 빨아 먹은 것도 이렇게 아까워 죽겠는데 그 허무맹랑한 것들이 내 정신의 살과 피를 다 빨아 먹고 나중에 마치 암 덩어리가 전이되고 더욱 커지는 것처럼 그런 상태가 된다면 이제 남은 생을 어이 살리.

알면서도 안 고쳐지는 건 세상 어떤 치유법도 없다.

문득 전도몽상(顚倒夢想)이라는 말을 생각해본다. 막바지 여름, 올 여름엔 한번 가보지도 못한 바닷가의 흔한 조개껍데기 하나에 빗대어 내 육십여 년의 삶을 이야기한다.

그러다가 은연중 몇 날 며칠을 PC방에서 게임을 하다 쓰러져 끝내 세상을 떠났다고 전해들은 뇌성마비 후배 녀석을 생각해보니 내가 지금 쓰고 있는 이 글이 더 섬뜩하게 생각된다.

나 또한 브레이크도 밟지 않고 마구 앞으로만 달려왔기 때문에 한번쯤이라도 멈춰야 할 것 같다.

그래, 내가 이 삶을 살면서 많은 좋은 말들 중 유독 이 말을 내 삶에 기리면서 살았는데 이제야 그 이유를 찾은 것만 같다.

그 말은 바로 '과유불급'이라는 말이다.

살아보니 인생이란 게 나답게 흘러왔고 그리고 앞으로도 나답게 흘러갈 것이다. 분명 넘침은 모자람만 못하고 또 많은 걸 움켜잡으려다 보면 모래알처럼 다 빠져나간다는 사실. 바로 그런 것들이 나의 정신 살을 빨아먹는 쇠고동이 아닐는지.

이 글 다 쓰고 가락시장에 가서 꼬막이나 한 5천원 어치 사다가 삶아봐야겠다. 과연 안이 텅 빈 녀석이 있겠지?

지금 나의 정신 살을 빼먹는 놈이 내가 지금도 이걸로 글을 쓰고 있는 이 스마트폰인지도 모른다. 내 딴에는 이걸로 뭐 쓸데없는 짓 한다는 건 아니라지만 따지고 보면 51%는 쓸데없이 가지고 노는 족속이라는 걸 부인할 수 없다.

앞으로는 이 스마트폰으로 글을 쓰는 습관도 차차 고쳐야 한다. 차라리 이 시간 이 스마트폰 집에다 던져 놓고 밖으로 나가 동네 공원이라도 한 바퀴 돌면서 늦여름 바람에 살랑거리는 나무들을 벗 삼아 몸을 움직이는 것이 더 정신적으로나 육체적으로 더욱 효과적인 건강법이 될 수 있지 않은가! 안 그래도 아까부터 우리 집 강아지가 내 의자 앞에 엎드려 있다. 남들도 다 알고 있는 쓸데없는 글 그만 쓰고 나가놀자고.

쓰르라미처럼

내가 글을 쓰면서 정녕 행복했는가?

그렇다!

그동안 써놓은 글을 추려 동인집(同人集)이 아닌 내 이름만으로 된 멋진 산문집 한 권 내야지 했다. 이제 그 꿈을 이루었으니 죽어도 여한이 없겠다.

무릇 사람은 죽어서 이름을 남기는 법,

보잘것없는 이름이라도 이 세상에 와서 진정 행복했었다는 그런 기록 하나쯤은 남겨놓고 싶었다. 그것은 어느 누구에게 나를 알리려는 욕심이기보다는 그저 뇌성마비 장애인으로 힘겨웠어도 그러나 즐겁고 행복하게 살았다는 것을 글로써 기록해 놓은 수필 한 권이다.

내 인생도 이제 60킬로 조금 넘은 속도로 가고 있는데,

어쩌면 이 책은 하늘이 나에게 주는 마지막 선물처럼 느껴지는 시간이다.

젊은 시절 몸을 막 굴렸는지 날이 갈수록 여기저기 아픈 몸이지만 이제부터는 무엇을 하든지 홀가분한 마음으로 나머지 길을 갈 수 있을 것 같다.

작가는 아니더라도 글을 쓰기 시작하면서 써 놓은 글은 많다.

그 글들은 내 이름과 함께 세상에서 소멸되어질 글들이나 이 한 권의 책은 세상에 남겨지는 것이 아니겠는가.

그것으로도 충분히 행복한 인생이기에 진정한 자유로운 길을 갈 수 있을 것이다.

오랜 기간 문학을 공부하고 작가를 꿈꾸었다 하더라도 책 한 권 쓰지 못한 사람들이 부지기수로 많은데 이 얼마나 축복된 인생인가.

사실 그동안 그 무언가에 얽매인 삶을 산 것 같았다.

인간으로서 추구하던 꿈에 영혼마저 끙끙대던 시절이었다고나 할까?

과연 할 수 있을까?

하지만 사는 동안 꼭 이뤄보고 싶은 일이었는데 생각대로 되지 않았다.

그런 마음으로 몇 년이 지나면서 몸이 점점 더 안 좋아진 것도 같지만 이제 그 숨 막히는 곳을 벗어났으니 비로소 호접몽을 깨어난 나비처럼 즐겁고 행복하지 아니 한가.

앞으로 얼마나 산다고 그 짐을 지고 가야 한단 말인가.

이 세상 것, 부질없는 욕심이라 해도 거기에 따르는 능력이라도 따라준다면 모를까. 능력도 없는 사람이 욕심만 가득해 결국은 쓸쓸할 수밖에 없는 인생. 그런 가혹하고 기구한 인생에서 벗어난 기분이다.

내 마음대로 온 세상은 아니라지만 또 불구의 몸으로 살아왔지만 가슴속으로는 이 한 번뿐인 인생 늘 멋지게 살고 싶었다.

내 이름이 정열(Passion)이다.

살면서 그 이름처럼 정열적으로 살기를 바랐다.

지나고 돌아보니 정말 그렇게 살아온 것도 같다.

이제야말로 비로소 영혼까지 자유로운 나비가 된 기분이다.

내가 날아다니고 싶은 대로 정답게 날아다니는 뇌성마비 나비!

내 인생에서 더 이상의 꿈은 없다.

나는 알고 있다.

이제 더 이상 내 인생의 절정을 찾는다 함은 그것이 곧 천 길 낭떠러지임을 안다.

한평생 힘겨운 대붕의 날갯짓으로 구만리 길을 날아왔으니 지금부터는 그냥 걱정거리 하나 없는 쓰르라미의 날갯짓으로 나머지 인생 놀다 가리라.

자유

동생이 죽었단다.

무슨 이유로 죽었는지 모르나

몇 년 전부터 몸이 안 좋았었다는 건 누구한테 들은 기억이 났다.

이 세상 올 때부터 뇌성마비 장애의 몸으로 살았지만, 무슨 암이거나 치유될 수 없는 큰 병에 걸렸다는 얘긴 못 들었는데 갑자기 죽었다는 연락을 받았다.

하긴 갑자기 뇌진탕이나 심장마비일 수도 있고, 나와 같은 뇌성마비 노인은 더운 날 밖에서 다니다가 숨이 가빠 죽을 수도 있다.

젊은 시절 그를 만났다.

올해 쉰다섯 정도 되었을 건데,
젊은 시절 활동을 같이 하던 모임에서 형 동생 하던 그런 사이였다.

그동안 만나지 못하다가 갑자기 먼 길 떠났다는 연락을 받고 장례식장으로 갔다. 나도 이제 거동이 불편해 전동스쿠터에 장애인 콜택시를 이용하는 처지가 됐지만.

그야말로 썰렁한 빈소다.
입구에 전동 휠체어 두 대가 세워져 있었다.
망자의 친구들인 듯 중증 뇌성마비 장애인 두 명과 그들의 활동보조인들만이 덩그러니 보일 뿐.

영정사진 속의 그는 처음 만났을 때의 그 웃는 모습이었다.
세상 풍파에 맞서 억겁의 고통을 아우르는 그 웃음!
우린 죽을 때도 웃는 모습으로 떠날 거다 하고 생각한 평소 내 예감이 딱 들어맞는 순간이었다.

그것은 마냥 좋아서 웃는 웃음이 아니라는 것을 사람들은 모른다.

세상을 이기려는 웃음이 아니라 세상 같은 건 오히려 우습게 보여서 웃는 웃음이라는 걸 사람들은 모를 것이다.

그는 이제 그 아픈 웃음을 웃지 않아도 될 머나먼 곳으로 떠났다.

자유로운 모습!

그야말로 진정한 자유를 얻은 그가 부러웠다.

날이면 날마다 괴로웠을 통증에서 비로소 해방되었으니 얼마나 좋을 것인가.

그도 물론 세상에서 즐거웠었고, 때론 행복했던 시절들이 있었겠지.

한 인간이었으므로 희로애락 속에서 여기 이곳까지 살았겠지.

말 한마디 할 때에도 온 힘을 다 바쳐야 하고,

밥 한 숟가락조차 제대로 먹지 못하는 현실을 속으로 삭이면서 살았겠지.

이 세상 떠날 때

어깨춤을 덩실덩실 추면서,

'쾌지나칭칭나네'를 신나게 부르면서,
훨훨 날아갔을지도 몰라.

그것이 진정 바라던 자유!

누가 알리오.
가는 그곳을...
얼마나 바랐던 곳인가!
좋겠다.
죽어서 말이다.

보리수아래 감성 수필집 1
윤정열

내 마음속엔 아름다운 나타샤가 있어

초판발행일	2021년 8월 17일
지은이	윤정열
펴낸곳	도서출판 도반
펴낸이	김광호
편집	최명숙, 이상미
대표전화	031-465-1285
이메일	dobanbooks@naver.com
홈페이지	http://dobanbooks.co.kr
주소	경기도 안양시 만안구 안양로 332번길 32

*이 책은 저작권법에 의해 보호를 받는 저작물이므로
무단 전재와 무단 복제를 금합니다.

불교와 장애인의 문화예술이 있는 "보리수아래"

보리수아래는 2005년에 청량사 지현스님(현 대한불교 조계종 조계사 주지)의 제언으로 결성되어 불교와 문화예술에 관심 있는 장애인들의 문화예술 활동을 지원하고 그들이 재능을 발휘할 수 있는 기회를 제공하고 있습니다. 또한 그들의 재능과 능력을 살려 참된 신앙생활과 바른 포교활동을 하고 이 사회의 일원으로 더불어 살아가도록 지원하고 있습니다.

주요 사업은 장애인의 예술창작과 발표 활동, 장애인의 문화예술교육 지원, 장애불자를 위한 포교활동 및 신행생활 지원, 재능을 기반으로 한 출판 지원, 장애인의 사회적 인식 개선 등 다양한 사업을 하고 있습니다.

현재 월 1회 정기 모임을 매월 셋째주 토요일에 갖고 있으며 장애인 문화예술활동과 불교에 관심 있는 분이면 누구나 동참하실 수 있습니다.

많은 분들의 관심과 후원이 필요합니다! 정기후원, 일시후원, 물품후원, 재능기부, 자원봉사 등으로 후원하실 수 있습니다.

■ 후원계좌 :

하나은행 163-910009-28505 보리수아래

국민은행 841501-04-027667 보리수아래

국민은행 220602-04-213491 최명숙(보리수아래)

■ 후원문의 :

☎ 02)959-2611

이메일 cmsook1009@naver.com

■ 홈페이지 :

http://cafe.naver.com/borisu0708